달
의

항
구

이후경 李后庚

1960년 진주에서 태어나 서울에서 자랐고,
1992년 『문화일보』에 중편 「과거순례」가 당선되어 작품 활동을 시작했다.
2011년 장편소설 「저녁의 편도나무」로 김만중 문학상 금상을 수상했다.
펴낸 책으로는 소설집 「저녁은 어떻게 오는가」가 있다.

달의 항구

이후경 소설집

별의별책

달의 항구

초판 1쇄 발행 · 2016년 5월 15일 초판 1쇄 발행

지은이 · 이후경
펴낸이 · 신남희

표지디자인 · 이철
본문편집디자인 · 김윤정

펴낸곳 · 도서출판 별의별책
출판등록 · 제300-2016-40호(2016.4.12)
주소 · 서울시 종로구 대명길 34 3층(명륜2가)
전화 · 010-6347-1153
전자우편 · shin1153@gmail.com

이 책은 한국문화예술위원회가 시행하는
2014 아르코 문학창작기금 수상작가 작품입니다.

표지그림 · 윈슬로 호머(Winslow Homer), 「여름 밤」(Summer night, 1890) 중 부분

ISBN 979-11-958022-0-3 03810

이 책의 국립중앙도서관 출판시도서목록(CIP)은
서지정보유통지원시스템(http://seoji.nl.go.kr)과
국가자료공동목록시스템(http://www.nl.go.kr/kolisnet)에서
이용하실 수 있습니다. (CIP제어번호:CIP2016011447)

어떤 여자들에게

작가의 말

오랫동안 달을 보며 살아왔다.

아마도 남은 생 또한 그럴 것이다.

해에 맞춰진 세상에서 달을 보고 사는 일은 의지가 필요했다.

그래도 나는 달의 세상이 좋았다.

오랫동안 여자로 살아왔다.

아마도 죽을 때까지 그럴 것이다.

남자에 맞춰진 세상에서 여자로 사는 일은 용기가 필요했다.

그래도 나는 여자인 쪽이 좋았다.

언제부턴가 달과 여자를 묶은 책 한 권을 꿈꿔 왔다.

어린 여자부터 늙은 여자까지 여자의 삶의 행로를 초승달부터 삭월에 이르는 달의 모습에 넣어 보고 싶었다. 그렇게 연작소설을 써 볼 생각이었지만 늘 그랬듯 생각은 생각으로 그쳤다.

첫 창작집을 낸 지 10년 만에 두 번째 소설집을 준비하면서 흩어진 글들을 찾다 보니 뜻밖에도 십대부터 팔십대까지의 여자들이 여기저기에서 얼굴을 내밀었다. 달에 대한 언급도 작품마다 조금씩은 있었다. 다시금 달과 여자를 묶어 보고 싶어졌다. 그렇게 이 책을 엮게 되었다. 그러다 보니 첫 창작집에도 싣지 않았던 글을 새삼 거두어 오는 경우도 생겼고, 최근에 쓴 글을 싣지 못하게 되기도 했다. 달의 월령도 딱 맞는 것은 아니어서 약간의 조율도 해야 했지만 그런대로 퍼즐 맞추듯이 책이 엮어졌다.

그런데 막상 책을 엮고 나니 이번에는 다듬는 작업에 손이 가지 않았다. 이 참혹한 시대에 이런 글을 낸다는 게 염치없고, 무례한 일로 여겨졌다. 부끄럽고 두려운 마음에 손 놓고만 있다가 겨우 스스로를 추슬러 간 곳이 서해안의 〈변산바람꽃〉 작가 집필실이었다. 그곳에서 일주일을 머물렀다.

밤이면 조용히 발아래까지 차오르다 아침이면 어느새 저 멀리 사라지는 서해의 바다가, 한밤중이면 옆으로 누운 채 황금빛 쪽배처럼 바다에서 떠오르던 하현의 달이, 하늘로 뚫린 다락방의 창을 지나며 깊이 잠든 나를 깨우던 황홀한 달빛이, 발코니 난간에 날아와 내가 뿌려놓은 식빵 조각들을 콕콕 쪼아 먹던 물까치들이, 창 앞을 기어오르던 채로 말라 붙은 능소화 줄기들이 그리는 우아한 그림자가, 바람이, 소리가, 햇살이, 그 모든 것이 나를 어루만져 주었다. 이 세상의 수많은 존재 중에 모래알처럼 작은 한 존재인 나, 그런 내가 내는 미미한 목소리, 하늘은, 바다는, 그 정도쯤 품을 품은 넉넉해 보였다. '나 하나쯤' 하는 생각을 하지 말라고 공익광고는 외치지만, '너 하나쯤' 괜찮아, 하고 자연은 말해 주었다. 세상의 수많은 책들 위에 하찮은 책 한 권 보태는 일도 그다지 큰 잘못은 아니지 않을까, 그런 생각으로 간신히 부끄러움과 두려움을 달래며 이랑질을 시작했다.

달의 변화에 맞춰 연령대가 다른 여자들의 이야기를 묶긴 했지만 이 이야기들에 그 나이 때의 보편성을 가진 여자는 없어 보인다. 그래서 이 책은 그냥 '어떤 여자들'의 이야기일 뿐이다. 달처럼 차올랐다 이우는 여자의 생(生), 그 생의 항구 같은 한 지점의 풍경들을 나는 우연히 만나는 대로 받아적었을 뿐이다.

이렇게 쓰고 보니, 그런 변명으로 도망갈 구멍부터 파놓는 내가 보인다. 다행히도 변산 앞바다 서해의 개펄에는 잔구멍들이 별처럼 많았다. 부지런한 작은 게들은 나처럼 겁이 많아 구멍부터 잔뜩 파놓았나 보다. 고맙게도 도망갈 구멍이 세상 천지에 널려 있다!

작가는 작품으로만 말하라는데, 나는 책 첫 장부터 이렇게 변명을 늘어놓고도 모자라 작품마다 앞앞이 사족까지 달아 놓았다. 그런 것을 짜증스러워하시는 분들도 있을 것이고, 친절하게 여겨주시는 분들도 있을 것이다. 이번 책에서 나는 쓸데없더라도 친절해지고 싶었다.

2016년 봄 상현의 달빛 아래

이후경

차례

초승달

이제 달의 여정을 시작하는 갓 돋아난 초승달의 항구,
가장 진지한 것이 가장 유치한,
비릿하고도 달착한 그 항구의 공기.

명주

알고 보면 그녀의 목숨을 구한 것은 바로 자신의 무지와 감상이었다고 명주는 훗날 생각했다. 돌이켜보아도 실감이 나지 않는 그날의 기억, 그것은 신의 장난이었을까, 아직은 죽을 운명이 아닌 어린 여자가 죽음을 가지고 장난을 치려는 것을 신은 그런 식으로 막은 것일까, 아니면 관 속으로 끌려들어가기 싫었던 유전자가 무의식의 힘을 이용해 자신이 몸담고 있는 숙주의 죽음을 방해한 것일까. 물론 무의식이 농간을 부리지 않고, 명주의 계획이 성공했다 한들 그녀의 목숨은 끊어지지 않았을 것이다. 그 계획은 철저한 무지에 기반을 두고 있었으니. 하지만 일단은 그것에 눈 감은 채 그녀의 이야기부터 들어보자.

이제 막 중학교를 졸업하고, 고등학교 입학을 기다리고 있던 소녀 명주, 또래보다 조숙해서 대학생처럼 보이고, 책을 좋아해서 고전 문학들까지 다 읽어내 자신을 성숙한 여자라고 생각했던, 조금은 시건방진 소녀 명주, 해를 막 넘겨서 열일곱 살이 되었다고 말끝마다 강조하지만 실제로는 열다섯 번째의 생일을 보낸 지 석 달도 안 지난, 햇살이 비치면 어쩔 수 없이 귓바퀴의 솜털이 보송보송 빛나던 어린 여자 명주, 그녀의 자살 실패담을.

때는 1970년대 중반, 자살의 방식으로 수면제를 다량 복용하는 것이 유행하던 시대였다.

"두 알은 안 팔아. 이거 한 장이 열 알이니까 이걸로 사 가."

하얀 가운을 입은 약사는 텔레비전 화면에서 눈길을 떼지 않은 채 명주에게 약을 내밀었다. 명주의 가슴은 심하게 요동쳤다. 약사의 마음이 변할까 두려워 얼른 돈을 내밀고는 도망치듯 약국을 빠져나왔다. 영화나 소설에서 본 바에 따르면 수면제를 구입할 때는 소량씩 여러 곳을 돌며 사야 했다. 자살에 많이 이용되기 때문에 한꺼번에 팔지도 않고, 많은 양을 요구하면 의심을 받는다고도 했다. 그런데 한 번에 수면제를 열 알이나 구했다!

사실 명주는 어렸을 때, 두통과 불면증에 시달리던 어머니 덕분에 약국 심부름을 자주 했다. 어머니는 두통약 심부름을 시킬 때는 '노신'이니 '사리돈'이니 하는 약 이름을 분명하게 지정해주었지만 수면제 심부름을 시킬 때는 그저 '수면제' 사오라고만 할 뿐이었다. 그때는 약사가 한 동네의 잘 아는 아주머니여서 '엄마가 수면제 달래요.'라는 말 한 마디면 알아서 다 챙겨주었던 것이다. 그랬기 때문에 명주는 수면제를 사모아 죽겠다는 결심을 하면서도 정작 수면제 이름은 아는 것이 없었다. 인터넷도 없던 시대였고, 괜한 의심을 받을까봐 함부로 누구한테 물어볼 수도 없었다. 결국 명주는 그냥 '수면제'를 달랄 수밖에 없었는데, 그 말을 꺼내는 것은 그녀에게 심장이 졸아드는 일이었다. 단발머리 여학생이 잠 안 오는 약이면 모를까, 수면제를 달라고 한다면 약사는 금방 수상하게 생각할 게 뻔했다.

명주는 약국에 가기 전에 제 나름으로는 시험 공부하듯 준비를 했다. 불면증으로 괴로움을 겪은 것처럼 보이도록 전날 밤은 꾸벅꾸벅 졸아가며 억지로 밤을 새다시피 했고, 떨지 않고 '수면제 두 알만 주세요'라고 말하기 위해 혼자 그 말을 수십 번 연습했다. 약사가 의심의 눈초리를 던지면 며칠째 잠을 못 잔다는 말도 덧붙여야 했으니 실감나게 그 말을 하기 위해 연기 연습까지 했다. 그래도 막상 약국 앞에 서자 명주는 긴장으로 식은땀이 흘렀고, 몸이 떨렸다. 그런데 간신히 용기를 내어 약국 문을 밀고 들어서는데 놀랍게도 진열대에 낯익은 그 약이 놓여 있었던 것이다. 명주는 망설임 없이 '저거, 두 알만 주세요'라고 말했다. '저거'라는 말은 '수면제'라는 말보다 백 배는 꺼내기가 쉬웠다. 그래도 조마조마한 마음은 여전했는데 약사가 심드렁하게 약을 열 알씩이나 내준 것이다.

용기를 얻은 명주는 두 번째 약국에 똑같은 약이 놓여있는 것을 보자마자 이번에는 아예 '저거, 한 장 주세요' 라고 말했다. 그곳에서도 약사는 아무런 의심의 눈길도 던지지 않은 채 열 알이 붙은 수면제 한 장을 선뜻 내주었다. 텔레비전에서는 '유쾌한 청백전'이 방영되고 있었다. 약사들은 하나같이 텔레비전에서 눈을 떼지 못했다. 어쩌면 자신의 행운은 저 오락 프로 덕분인지도 모른다고 명주는 생각했다.

그렇게 모인 스무 알의 알약은 명주의 나이보다 많았다. 명주는 딱 자기 나이만큼만 먹고 죽을 작정이었다. 열일곱 알이면 치사량으로 부족함이 없을 거라고 생각했다. 후미진 골목으로 들어선 명주는 약을 꺼내 세 알은 떼어 버렸다. 흥, 유치하기 짝이 없는 감상이군, 하고 스스로를 비웃으면서도 그녀는 굳이 열일곱 살에 맞춘 알약에 마음이 설레었다. 자기 나이만큼의 수면제를 먹고 죽다니, 무언가 상징적이고 멋지게 느껴졌다. 주머니 속에 약을 집어넣고, 바스락거리는 그것을 내내 만지작거리며, 이제 이것만 먹으면 나는 언제든 죽을 수 있다는 생각을 하는 것도 나쁘지 않았다. 죽음을 조그맣게 만들어 주머니에 넣고 만지는 기분이었다.

겨울도 봄도 아닌 2월의 거리를 명주는 내내 돌아다녔다. 집에는 들어가기 싫었다. 해가 완전히 저문 뒤에야 명주는 집으로 들어갔다.

"어둡기 전에 일찍일찍이 들어오지, 계집애가 어딜 그렇게 쏘다니냐?"
명주를 보자마자 아버지가 험악하게 말했다. 아버지는 그렇게 말하는 사람이 아니었다. 아버지는 언제나 자상하게 말하는 사람이었다. 그런 아버지였지만 어머니와의 싸움 때문에 극도로 날카로워져 있었다. 아니, 그 싸움에 지쳐 있는 건 아버지만이 아니었다. 벌써 한 달은 지속되었을 늪 같은 지겨운 싸움에 온 식구가 넌더리를 내고 있었다. 동생들도 방에 들어가 나오지 않고 있었다. 어머니만이 전의로 가득 차 있었다. 아마도 또 한 차례 전투가 지나갔던 모양이었다. 보지 않아도 명주는 그 광경을 짐작할 수 있었다. 어머니는 씹고 씹은 그 문제를 또 어디선가 꼬투리를 찾아내 물고 늘어지기 시작했을 것이고, 아버지는 늘 그랬듯이 그걸 부정했을 것이고, 그러면 그것은 싸움이 되어 금세 언성이 높아지고, 어머니는 그악스럽게 소리를 질러대고 통곡을 하면서 아버지를 몰아갔을 것이다.

어머니는 자신의 분이 풀릴 때까지 멈추지 않는 성정이었다. 명주의 눈에 어머니는 이미 자신의 껍질 하나를 벗어 내던진 것만 같았다. 평소에도 성정이 강한 편이긴 했지만 어머니는 어느 자리에 가도 빠지지 않는 교양 있고 세련된 여성이었다. 그러나 한번 자신의 껍질을 벗어 던지면 어머니는 저자 거리의 어떤 여자보다도 그악스러워졌다. 어머니의 그악스러움에 명주는 얼마나 진저리를 쳤던가. 그녀의 성장의 목표는 단 하나였다. 어머니를 닮지 않을 것. 핏속의 피톨 하나 어머니와 닮지 않으려고 명주는 몸부림을 쳐왔다.

며칠 전 일이었다.

"내가 못살아, 내가 못살아, 새끼들만 아니면 내가 당장이라도 이혼을 했지, 아이고."

주저앉아 넋두리를 늘어놓는 어머니 곁에 다가간 명주는 싸늘하게 내뱉었다.

"엄마, 헤어지고 싶으면 헤어져, 애꿎은 우리 핑계 대지 말고."

어머니는 하얗게 질린 얼굴로 명주를 올려다보았다. 유령이라도 바라보는 눈빛이었다. 헤어질 생각이라곤 털끝만큼도 없으면서 그렇게 말하는 어머니의 모습을 명주는 참아내지 못했다. 자기 자신이 그러고 있는 것 같아 견딜 수가 없었다. 어머니한테서 자신이 싫어하는 요소가 발견될 때마다 명주는 치를 떨었다. 그런 딸을 보고 어머니는 말했다. 너는 세상사람 모두한테 천사같이 굴면서 나한테만 못되게 구는구나, 나쁜 년.

어머니의 말대로 명주는 어머니에게만 엄격한 잣대를 갖다 댔다. 왜냐면 어머니는 자신을 낳은 여자였으니까, 어쩔 수 없이 그 속에는 자신을 구성하는 것들이 들어있을 터이니. 어머니의 혐오스러운 모습은 그것이 곧 자기 속에 있을지도 모르는 것이었던 만큼 그녀는 몸서리를 칠 수밖에 없었다.

명주는 철저하게 아버지 편이었다. 어머니의 의심이 사실이라면, 그래서 아버지에게 정말로 사랑하는 다른 여자가 생긴 거라면, 명주는 진심으로 아버지를 축하해주고 싶었다. 인간은 누구나 자신의 황폐한 삶을 보상받을 권리가 있는 법이 아닌가. 그녀는 그 '인간'이란 말 속에 자신의 어머니는 끼워주지 않았다. 그랬다. 그날 그 전화를 받기 전까지는.

"언니가 사준 인형 엄마가 내다 버렸어, 흑흑…"

성희가 울면서 전화를 했다. 성희는 명주에게 바이올린을 가르쳐주는 음악학원 원장의 딸이었다.

"망가졌나 보구나, 울지 마. 언니가 또 사줄게."

"아냐, 아냐! 하나도 안 망가졌는데, 엄마가 꼴도 보기 싫다고 버렸단 말야!"

꼴도 보기 싫다고 버렸단 말야, 그 다음 말은 명주의 귀에 들어오지도 않았다. 눈썹이 유난히 짙던 사모님의 모습이 떠올랐다. 자신에게 입을 맞추던 선생님의 모습도 떠올랐다. 뒤이어 그녀의 집처럼 부부 싸움이 벌어지는 광경까지 선명히 떠올랐다. 전화를 어떻게 마무리하고 끊었는지도 기억나지 않았다. 단지 갑작스럽게 욕지기가 치밀어 욕실로 달려간 기억은 났다. 변기에 대고 헛구역질을 했지만 나오는 건 없었다.

명주는 욕실 맨바닥에 털썩 주저앉아 무릎에 얼굴을 묻었다. 자신이 맡은 그 역할이 끔찍했다. 아버지의 연인처럼 자신 역시 한 가정을 파괴하고 있었다는 생각이 엄청난 공포로 그녀를 덮쳤다. 응석처럼 울음이 스며 나왔다.

나는 이제 막 중학교를 졸업한 어린 여자인데… 아, 더러워, 더러워, 내가, 내가…. 그래도 명주는 저항했다. 어떻게 나처럼 어린 여자애가 그런 역할을 맡을 수 있는 거야, 나는 사모님을 보았지만 한 번도 시샘해 본 적이 없었어. 그 분은 내게는 너무나 커다란 어른이었어. 선생님이 나를 사랑한다고 했을 때도, 내가 흠모하던 선생님이 해주는 그 말에 감격했고, 내가 어른 대접을 받는 것 같아 기뻤을 뿐이야. 선생님의 가정에 대해 생각해 본 적은 한 번도 없었어. 그랬을 뿐이야, 그랬을 뿐인데….

울음은 울음을 불러왔다. 명주의 서러움은 점점 짙어졌다. 그녀는 어느새 아무 것도 모르는 어리고 순진한 학생이 되어 있었다. 아무 것도 모르는 어리고 순진한 학생이 세상에게 억울한 오해를 받고 있는 것이었다. 피해자의 울음답게 그녀의 울음에는 점점 더 어리광이 섞였다. 자신이 열일곱이 아니라 홉 일곱 살이기라도 한 것처럼.

그러나 그녀의 가슴 깊숙한 곳에선 좀 더 엄중한 목소리가 울려 나왔다. 네가 어리다고? 몸도 마음도 다 컸다고 시건방을 떨 때는 언제고, 이제 와서 어리다고 발뺌을 하는 거니?

마음속의 목소리는 지울 수 없는 또렷한 한 장면을 증거자료처럼 제출했다.

음력 초사흘의 초승달이 눈썹처럼 걸려있던 골목길이었다.

언제나 깨지기 쉬운 사기그릇 다루듯 조심스레 입맞춤만 하던 그가 격렬하게 그녀를 더듬어대던 그 장면. 그는 마치 오래도록 잠겨있던 자물쇠가 풀린 사람 같았다. 명주 역시 그 쾌락의 흐름에 자신의 몸을 맡기고 싶었다. 소설 속에서, 영화 속에서 그렇게 많이 봐온 그 느낌들을 자신의 몸으로 알아보고 싶었다. 그녀의 입에서는 신음소리도 흘러나왔다. 그게 무언가 어설펐던가. 그가 갑자기 격렬한 손길을 멈추고 그녀를 내려다보았다. 얼마나 시간이 흘렀을까. 달빛 아래 눈싸움을 하는 사람들처럼 그들은 서로를 바라보았다. 잠시 후에 그는 그녀를 다시 사기그릇 다루듯 가만히 안아주며 말했다.

"너를 불행하게 할 순 없어."

그녀는 아무 말도 하지 않았다. 그러나 그때 그녀 속에서는 많은 말들이 부글부글 끓고 있었다. 피, 내 행복을 핑계로 자신의 비겁을 위장하는군요. 선생님은 겁을 내는 거예요. 그녀는 그 순간 그를 경멸했다. 입맞춤은 괜찮고 몸 섞는 건 불행해진단 말인가요? 그런 비겁하고 더러운 논리가 어디 있어요? 야비하고 추악한 논리군요. 대체 입맞춤하고 몸 섞는 게 무엇이 다른가요? 나는 그것들이 똑같은 거라고 생각해요. 그런 말이 하고 싶어서 그녀의 입술은 달싹거렸다. 비록 입 밖으로는 한 마디도 내뱉지 못했지만.

그 기억은 반박할 수 없는 증거자료였다. 마음속의 목소리는 냉정한 검사처럼 그녀를 몰아세웠다. 네가 그러지 않았어? 그래 놓고는, 이제 와서 뭐라구? 가소롭구나, 교활하구나, 더럽구나, 너는 원래 그런 아이야, 앙큼한 것! 얌전하고 청순한 척 가면을 뒤집어쓰고선! 넌 나쁜 년이야.

응석 같던 울음이 잦아들었다. 빼도 박도 못할 증거 자료 앞에 모든 걸 포기하고 죄를 자백하는 범인처럼 명주는 고개를 끄떡였다. 맞는 말이야, 그래, 적어도 내가 피해자처럼 굴 수는 없지.

명주는 눈물범벅이 된 얼굴을 씻어냈다. 그녀는 자신의 몸이 송충이나 지렁이처럼 느껴졌다.

아버지와 어머니의 싸움은 계속되었다. 어머니는 자식들이 보고 있는 앞에서도 거리낌 없이 아버지의 부정을 주장하며 소리를 질렀고, 아버지는 아니라고, 오해라고 말하다간 담배만 피워댔다. 그러고 나면 어김없이 어머니의 통곡이 이어졌다.

비로소 명주는 어머니도 인간이라는 생각을 했다. 인간인 어머니 역시 자신의 황폐한 삶에 대해 항의할 권리가 있는 것이다. 아버지에게 집착하는 어머니였으니 근거 없는 의심이라 할지라도 배반감에서 오는 괴로움을 저렇게 달랠 수밖에 없는지도 몰랐다. 머리로는 그렇게 스스로를 설득시키면서도 명주는 같은 여자로서 어머니의 행동이 어리석게만 여겨졌다. 그때 명주는 어리석은 것에 대해 사악한 것에 대한 혐오보다 더 큰 혐오감을 품고 있었다. 그녀는 빗자루로 쓸어 모으듯 생각을 몰아갔다. 이 세상의 일들은 서로 끔찍하게도 연결이 되어 있구나. 그래, 내가 한 짓의 죗값으로 지금 우리 집의 불행이 야기된 거야.

밤새 버려진 인형이 명주를 쫓아다녔다. 사모님의 짙은 눈썹이 그녀를 쏘아보았다. 가위에 눌리고, 악몽에 시달렸다. 비명을 지르다 잠에서 깨어나곤 했다. 그러나 기묘하게도 그런 날 아침이면 명주는 마음이 편해졌다. 그런 괴로움을 겪고 있다는 것은 자신이 조금은 양심적인 사람이라는 말로 여겨졌기 때문이었다. 그렇게 며칠을 보낸 끝인가. 마침내 명주는 죗값을 치르기 위해선 스스로 목숨을 끊어야만 한다는 결론에 이르렀다.

약의 효과를 높이기 위해 명주는 저녁을 안 먹으려고 했다. 마지못해 깨
작깨작 젓가락으로 집어먹는 시늉을 하고 일어서자 갑자기 아버지가 벌컥
역정을 냈다. 그 역시 평소와는 다른 아버지의 모습이었다. 명주는 다시 앉
아 말없이 밥 한 공기를 마저 비웠다. 이게 마지막인데, 하는 생각 때문이었
다.

깨끗이 몸을 씻었다. 이제 내일 아침이면 시체로 변할 몸이었다. 속옷도
가장 깨끗한 것으로 갈아입었다. 자기 방으로 들어가면서 명주는 식구들을
둘러보았다. 열전 뒤의 냉랭한 분위기가 온 집안을 감싸고 있었다. 그런데도
텔레비전에서 무엇을 웃겼는지 어머니는 다림질을 하다말고 크게 웃음을
터뜨렸다. 저랬다, 어머니. 자신의 쌓인 것을 절대로 억누르지 못하는 대
신 그렇게 풀고 나면 한동안은 언제 그랬냐 싶게 뒤가 깨끗했다. 말없이 쌓
고 쌓아 어느 날 비수처럼 무서운 말을 뱉는 아버지나 명주와는 달랐다. 어
머니 혼자의 웃음소리가 버성긴 채 거실을 떠돌고 있었다. 아버지는 말없이
담배를 피우며 시선을 텔레비전에 박고 있었지만 그 눈길은 아무 것에도 닿
아있지 않았다. 어머니의 손 밑에서 아버지가 다음 날 출근할 때 입을 와이
셔츠가 반듯하게 다려지고 있었다.

어느 집 개가 먼저 짖기 시작했는지 갑자기 동네가 개 짖는 소리로 요란
해졌다. 마당의 개들도 질세라 따라 짖었다. 태어난 지 얼마 안 된 새끼들까
지 낑낑거리며 짖어댔다. 아직 강아지들을 나눠주지 않아 손바닥만 한 마당
에 개가 일곱 마리나 되었다.

"아유, 시끄러워! 내가 저놈의 개새끼들 땜에 돌아버리겠어. 빨리들 나눠
줘 버려요!"

24

어머니가 아버지를 보며 말했다. 두 사람 사이에 아무런 일도 일어나지 않은 것만 같은 심상한 말투였다.

"젖이나 떼야 주든지 말든지 하지."

어머니에게 시선은 주지 않았지만 아버지 역시 나직하게 대답했다. 어느새 두 사람은 일상으로 돌아와 있었다. 그런 모습에 명주는 표현할 길 없는 증오를 느꼈다. 방으로 들어가면서 명주는 짐짓 태연한 척 말했다.

"내일 아침엔 나, 깨우지 마. 실컷 좀 잘 테니까."

아버지는 말없이 명주를 흘낏 바라보았다. 어머니가 오히려 자상한 목소리로 말했다.

"그래라. 이제 고등학교 가면 잠도 제대로 못 잘 텐데, 지금 실컷 자 둬. 얼른 들어가 푹 자라."

"그럼 안녕히… 주무세요."

하마터면 명주는 안녕히 계시라고 말할 뻔했다.

"그래, 잘 자라."

이번에는 아버지가 조용히 인사를 받았다. 그러는데 갑자기 목이 메었다. 씩씩한 어머니는 걱정이 되지 않았지만 섬세한 아버지가 받을 고통을 생각하니 명주는 한순간 몸이 휘청거렸다. 명주는 얼른 방문을 열고 들어갔다. 마음이 흔들릴까봐 자신을 향해 다시금 말했다. 나는 더러운 인간이고, 죄인이야. 나는 죽어야만 해.

명주는 돌아서 방문을 잠갔다. 죽으려다 살아나는 시답잖은 경우는 피하고 싶었다. 드라마나 영화에서 보면 다들 그렇게 살아나지 않던가, 연극이라도 한 것처럼. 꼴불견이었다. 자신은 결코 그렇게 되고 싶지 않았다.

명주는 열일곱 개의 알약을 꺼내 손바닥 위에 올려놓고 내려다보았다. 이제 모든 것이 끝나는구나. 하지만 그 슬픔에는 어딘가 감미로움이 스며 있었다. 눈물은 뺨을 타고 흘러내렸지만 그 자체도 쓰라리기 보다는 달콤했다. 내가 내 목숨을 마음대로 할 수 있다는 사실, 자연사도 일종의 타살이라고 본다면 스스로 목숨을 끊을 수 있는 건 대단한 자유가 아닐까, 분명히 어느 책에선가 주워들었을 관념적인 말들이 머릿속을 맴돌았다.

문득 유서를 써놓지 않으면 식구들이 의심을 받을지도 모른다는 지극히 현실적인 생각이 떠올라 명주는 종이를 꺼내 '유서'라고 적었다. 짧은 순간이었지만 무덤 속에 있으면 얼마나 무서울까 하는 생각이 들었다. 명주는 고개를 흔들어 그 생각을 떨쳤다.

'나의 죽음의 이유에 대해

아무도 마음대로 상상하지 않기를 바랍니다.

내가 죽는 이유는 철저히 나 자신 때문이지

다른 누구의 탓도 아니란 것만 밝혀둡니다.'

써놓고 보니 퍽 마음에 들었다. 그래, 촌스럽게 구구절절한 얘기 따윈 적지 말자. 멋있다. 만일을 위해 사무적인 증언만 남겨놓은 채 깔끔하게 이 세상을 뜨는 거야.

마실 물을 따르고 약을 삼키려 하자, 이게 내 인생의 끝인가, 하는 생각이 새삼 그물처럼 명주를 휘감았다. 생에 대해 품었던 온갖 꿈들이 일시에 눈앞에서 명멸했다. 위대한 사랑도 하고 싶었고, 단란한 가정도 꾸리고 싶었다.

멋진 바이올린 연주자가 되고 싶었고, 이 세상의 모든 일들을 가능한 많이 겪어보고도 싶었다. 망설이면 안 돼, 나는 죽기로 했어. 나는 죽어야할 인간이야. 나는 죗값을 치러야만 해, 더 이상 다른 생각이 드는 게 두려워 명주는 열일곱 개의 알약을 목구멍으로 마구 밀어 넣었다.

막상 약을 다 삼켜버리자 오히려 마음이 가라앉았다. 이제는 돌이킬 수 없다는 생각 탓인가 보았다. 이렇게 죽는구나, 이렇게 내 인생은 막을 내리는구나, 그런 생각을 하자 눈물이 더 흐르기는 했다. 그러나 그 눈물은 배우가 안약을 넣고 연기하는 눈물처럼 어쩐지 실감이 나지 않았다. 그보다는 이제 무엇이 올 것인가, 하는 궁금증이 슬며시 고개를 쳐들었다. 곧 잠이 들어 숨이 끊어지겠지, 죽음 뒤의 세상은 어떤 것일까, 세상을 끝낸다는 슬픔 속에서도 그런 호기심이 대책 없이 튀어나왔다. 갓 열일곱이라는 나이는 약을 털어 넣는 그 순간까지도 죽음이란 것에 도무지 실감을 품을 수 없는 그런 나이인지도 몰랐다.

그런데 이상한 일이었다. 약을 털어넣고 한참이 지났는데도 잠이 오기는커녕 정신이 더욱 말똥말똥해지면서 견딜 수 없도록 어지럼증만 일었다. 천장이고 벽이고 뺑뺑이라도 타고 있는 것처럼 빙글빙글 돌기 시작했다.

명주는 아무 거나 닥치는 대로 붙잡았다. 자신의 몸이 천장에 매달려 있는 느낌이었다. 당장이라도 추락할 것만 같았다. 이 세상은 빙글빙글 돌고 그녀는 그 어지럼증 때문에 다른 곳의 통증 따위 느낄 틈이 없었다. 밤새도록 방바닥을 뒹굴며 이불이고 베게고 온갖 곳에 먹은 것들을 다 게워냈다. 아버지의 역정 때문에 먹은 고봉의 밥이 다 쏟아져 나왔다. 온몸이 요동을 쳐서 견딜 수가 없었다. 죄의 대가로 깨끗하고 멋있게 죽으려 했던 계획은 산산이 부서졌다. 죽는 게 이렇게 괴롭고, 더러운 일인 줄 알았더라면 이런 짓 따위는 절대로 하지 않았을 거라는 후회만 밀려왔다.

동이 텄을 때 명주는 억지로 방문까지 기어가, 죽기 전에 발견될까봐 자신의 손으로 잠갔던 문을 스스로 열어젖히며 소리를 질렀다.

"엄마, 엄마, 이리 좀 와봐!"

놀라 달려온 어머니에게 명주는 치욕감에 몸을 떨며 말했다.

"나, 약 먹었어. 빨리 병원에 데려다 줘."

정신없이 응급처치를 마치고 누워있는 명주의 몸 위로 따뜻한 햇살이 물결처럼 흘렀다.

"사리돈은 아무리 먹어도 안 죽어요."

치료를 마쳤을 때 새침하게 생긴 간호사가 명주에게 다가와 비꼬듯이 말했다. 간호사의 말투에는 명주가 쇼를 벌인 것을 자기는 알고 있다는 확신이 넘쳐 보였다. 잠시 명주는 간호사가 무슨 말을 하는 것인지 알아듣지 못했다. 사리돈이라니, 왜 나한테 사리돈 얘기를 하는 거지? 사리돈은 진통제잖아, 내가 먹은 건 수면제인데?

그렇게 속으로 중얼거리던 명주는 멈칫하고 말았다. 약국 진열대에 놓여 있던 약 상자의 모습이 눈앞에 뚜렷이 떠올랐다. 그 상자 위에 끌로 새긴 것처럼 명확하게 박혀 있던 '사. 리. 돈.'이라는 세 글자! 두통, 치통, 생리통에 사리돈, 이라는 광고 문구로 유명한 사리돈. 자신이 그렇게 떨며 샀던 약은 수면제가 아닌 진통제였던 것이다. 왜 잠이 들어 죽지 않았는지도 비로소 알았다. 그러나 믿어지지는 않았다. 도대체 어떻게 사리돈을 수면제로 착각할 수 있었을까? 그것도 두 군데의 약국에서? 한 번도 아니고 두 번이나?

군이 따져보자면 약국에 들어섰을 때 낯익은 약이 보이자 긴장과 흥분으로 제정신이 아니었던 그녀가 순간적으로 그 약을 수면제로 착각해버린 거라고 할 수도 있을 것이다. 그 두 가지 약은 어릴 때 심부름 하면서 같이 사다던 약이었으니 순간적으로 혼동이 일어날 수도 있었으리라. 하지만 명주는 아무리 돌이켜 보아도 그런 착각을 한 자신이 실감나지 않았다. 갖은 폼을 다 잡으면서 열일곱 알이나 위장에 들어 부었던 게 고작 진통제였단 말인가! 세상의 어느 약사가 진통제를 파는데 망설일 것인가. 그런데도 명주는 스무 알의 수면제가, 아니, 스무 알의 사리돈이 너무도 쉽게 자신의 손에 들어온 게 거짓말 같아서 가슴을 두근거리며 흥분하지 않았던가. 골목으로 들어서서 유치한 감상이라고 비웃으면서도 세 알을 버리고 자기 나이만큼 열일곱 알의 수면제만을 주머니 속에 넣지 않았던가.

명주는 멍하니 간호사의 얼굴만 바라볼 뿐이었다. 간호사는 고소하다는 듯한 어조로 한 마디를 더 매섭게 붙였다.

"죽지는 않아도 진통제를 한꺼번에 그렇게 많이 먹었으니 간이 상했을 거예요. 이 다음에 간에 이상이 오면 얼른 병원에 오도록 해요!"

간호사는 그 말만을 남기고 입가에 희미한 비웃음까지 흘리며 돌아섰다.

간 따위는 다 망가져서 당장 그 자리에서 죽었으면 좋으리라. 그랬다면 이런 수모는 당하지 않았을 것이다. 명주는 숨을 쉬기가 힘들었다. 몸이 마비되는 것만 같았다. 이것이 운명의 짓거리라면 너무도 잔인했다. 한 인간의 비장함을 코미디로 만드는 것이야말로 얼마나 심술궂은 취미인가.

명주는 넋이 빠진 사람처럼 한참동안 멍하니 천장만 바라본 채 누워 있었다. 처절하게 부서진 그녀의 모습이 안타까웠던지, 저쪽에 서있던 인턴 하나가 다가와 그녀 옆에 슬며시 앉았다. 딴에는 문제 학생을 자상한 이해의 방식으로 치료하려는 생각인 모양이었다. 명주는 고개도 돌리지 않았지만 그는 다정한 어조로 말을 시작했다.

"학생, 나도 학생 때 약을 먹은 적이 있었거든. 빨간 알약이었지, 누구나 한때 다들 그런 순간이 있는 거야. 내가 살던 동네에 학생 학교 여학생이 하나 있었는데, 교복 입은 모습이 너무너무 청순하더라구. 아침마다 그 여학생을 보느라고 골목에서 기다렸어. 한번은 겨우 용기를 내서 편지를 써서 줬는데, 내 앞에서 쫙쫙 찢어 버리지 않겠어? 그 바람에 죽을 결심을 했던 거야. 하지만 지나고 보면 그런 것도 다 좋은 추억이지."

명주의 귀에는 아무 말도 들어오지 않았다. 햇살이 명주의 몸 위를 흘렀다. 명주는 눈을 감았다. 위장을 흔들던 고통도, 견딜 수 없던 어지럼증과 구역질도 멎어서 그녀의 몸은 더할 나위 없이 편했다. 따스한 물속에 잠겨 있는 것만 같았다. 마음은 충격을 입었어도 몸은 아늑했다. 자신의 몸을 훑고 있는 햇살이 어찌나 좋은지 그 와중에도 코끝이 시큰했다. 아, 좋구나, 자기도 모르게 그렇게 감탄을 하는 순간, 마치 감전이라도 된 듯 어떤 실감 하나가 그녀의 몸을 꿰뚫었다. 나는 정말로 죽을 수도 있었다!

명주는 자기도 모르게 몸서리를 쳤다. 그녀가 만약 그런 바보 같은 착각을 하지 않았더라면, '사리돈'이 아니라 '수면제'를 한 약국에서 두 알씩 착실하게 모아 입안에 털어 넣었더라면, 그녀는 지금 응급실이 아닌 영안실에, 거기, 차디찬 냉동고 안에 있을 지도 모르지 않는가!

그랬다. 그때까지 명주는 죽겠다고 법석을 떨었지만 정말로 죽는다는 실감을, 누선(淚腺) 끝의 감상이 아닌, 심장 깊숙한 곳의 고통으로 인식한 것은 아니었다. 마음 속 어느 구석에도 죽음에 대한 진정한 욕망은 없었다. 자신의 자살 시도는 가짜였다. 명주는 그것을 인정하지 않을 수 없었다. 사람은 자기 자신에게도 속을 수 있다. 간호사의 쏘아보던 눈빛은 본질을 보고 있었다.

어쩌면 선생님을 사랑한다고 생각했던 것도, 선생님의 배려에 경멸을 표했던 것도, 심지어는 육체적인 흥분에 사로잡힌 양 행동했던 것조차도, 사모님의 반응에 죄책감을 느끼고 괴로워했던 것도, 가위에 눌리고 악몽을 꾸며 조금은 양심적 인간인 것 같아 슬며시 만족감을 느꼈던 것도, 죗값으로 죽겠다고 결심한 것조차도 자신이 그럴 수 있는 인간, 그럴 수 있는 어른이라는 사실을 즐긴 것에 지나지 않는지도 몰랐다. 그것은 그저 흉내 내기였는지도 몰랐다. 어른이 되고 싶어 몸부림치는 사춘기 철부지 소녀의 유치하고 치졸한 흉내 내기, 그 모든 것들의 정체는 그것이었는지도 몰랐다.

생각이 거기에 이르자 격렬한 고통이 명주를 덮쳤다. 누군가 두 손으로 심장을 잡고 빨래 짜듯 쥐어짜는 것만 같았다. 명주는 가슴을 부여잡았다. 이번만은 고통을 흉내 내는 게 아니었다. 불륜의 연애도, 악몽 속의 죄책감도, 죗값으로 목숨을 끊는 그 순간도 자신에게는 어딘가 모르게 감미로웠건만 이 모든 것이 유치한 흉내 내기에 지나지 않았다는 깨달음은 어쩌나 짖비린내 나고, 메스거리는지 명주는 자신이 혐오스러워 미칠 것만 같았다. 그러자 눈물샘에 탈이라도 난 것처럼 갑자기 철철 눈물이 쏟아져 나왔다. 조금도 감미롭지 않은 쓰라린 눈물이었다. 명주는 헉헉, 흐느끼며 숨막히게 울기 시작했다. 열일곱 살짜리의 자살 소동 따위엔 도를 튼 듯이 지껄여대던 그 애송이 남자 의사는 갑작스런 그녀의 눈물바람에 놀라, 학생, 왜 그래, 학생, 왜 그래, 소리만 연신 되풀이하며 어쩔 줄 몰라 하고 있었다.

수면제 열일곱 알 가지고는 치사량에 턱없이 부족하다는 사실을 명주가 알게 된 것은 그로부터 10년이 지나서였다. 설사 진짜 수면제를 먹었다 한들 자기 나이만큼만 먹고 죽으려한 그녀의 유치한 감상이 그녀의 목숨을 구했을 것이다.

그렇지만 그 일은 중요한 변화를 가져왔다. 햇살 속에 눈물을 쏟던 그 순간에도 명주의 귓바퀴에 난 솜털은 여전히 보송보송 빛났지만 그때 이후로 명주를 소녀라고 부를 수는 없게 되었다. 그녀는 그날, 응급실의 그 침대 위에서 불쑥 성장해버렸다. 적어도 그 옆에 앉아 있던 애송이 청년 의사보다는 훨씬 더 성숙한 여인이 되고 말았다.

그리고 성숙한 여인으로 살아가던 훗날, 처음으로 남자와 잠을 잔 날, 그녀는 입맞춤과 몸 섞는 일은 하늘과 땅, 진통제와 수면제만큼 다르다는 것도 기어코 알게 될 것이었다.

상현달

어느 가을날, 간송 미술관의 전시를 보러 갔다가
고양이가 그려진 민화 복사본을 한 장 사왔다.
그 그림을 유리창에 붙여 놓고 한 계절을 보냈다.
동쪽으로 머리를 둔 그 방의 잠자리는
아침이면 쏟아지는 햇살의 바다에 익사할 것만 같았는데,
어느 아침, 자리에서 일어나던 나는 한 줄의 문장을 만났다.

에헤라디여, 이 기쁨을 어찌 말로 표현할 수 있으랴.

아침의 햇살이 검은 고양이의 그림을 통과하며 내게 전해준 전언,
나는 아무런 근거도 없이 그 말이 처용의 말이라고 믿었고,
그 한 줄을 시작으로 이 이야기를 완성할 수 있었다.

이제 애잔함을 벗어나 영글어가는 반달,
상현의 항구에서 만난 이야기.

처용무 혹은 추정한묘(秋庭閑猫)

1

에헤라디여, 이 기쁨을 어찌 말로 표현할 수 있으랴.

서라벌 달 밝은 밤 지치도록 놀다 들어갈 제, 나를 따라온 달빛이 열어젖힌 방문으로 흘러들어 이불 밖으로 빠져나온 이녁의 가랑이를 눈부시게 비출 제, 희디 흰 그것에 시커멓게 얽힌 털투성이 굵은 가랑이, 한 치의 의심도 가질 수 없는 수컷의 가랑이, 그 시커먼 것을 본 순간 내 온몸을 관통했던 전율을.

행여 그대들의 농밀한 잠을 깨울까, 나는 발소리 줄여 뜨락으로 빠져 나왔네. 밤새들도 울기를 멈춘 야심한 시각, 내 기쁨을 나눌 벗이라곤 달빛밖에 없었지. 달빛이 간질이듯 내 어깨를 툭, 치자 나도 모르게 저절로 어깨춤이 덩실덩실, 달빛은 개울이 되어 흐르고, 내 기척에 깬 소쩍이와 쏙독새가

장구 치듯 장단을 맞춰주니 나는 한 마리 학이 되어 사뿐사뿐 춤을 추었다네. 갓 돋은 어린 대추 이파리들이 달빛에 반짝이고, 송화 가루 듬뿍 얹은 소나무 그림자는 나와 짝이 되어 함께 춤을 추었지.

내, 마음 홀려 정을 맺은 여인이 어찌 하나 둘이련만 이녁보다 귀한 여인은 천지신명께 맹세코 없었으니 그런 연유로 이녁과 나, 맑은 물그릇 앞에 부부로 맺어져 살아온 것이 아니랴. 허나 정(情)이란 굵은 오라, 내가 품는 정도 오라요, 그대가 쏟는 정도 오라이니 오라에 묶인 기쁨이 클수록 그것이 파고드는 괴로움도 짙어질 수밖에 없는 것.

이 몸은 바람의 넋, 바람이 오라에 묶일 리 없겠으나 살의 몸을 지닌 나는 이녁이라는 인연의 오라에 발목이 묶여 어느 사이 피멍이 들고 있었다네. 그 굵은 오라가 달빛 받은 그대들 가랑이를 보는 것으로 이렇듯 단박에 느슨해졌으니 내 어찌 절로 어깨춤이 흘러나오지 않으랴. 덩더쿵 덩실, 얼쑤.

어느새 다섯 해 전의 일인가, 내 여섯 형님들과 함께 흐르는 바다에 실려 이 땅에 다다랐고, 인연의 실을 따라 헌강왕 앞에 나타났던 그때가?

저 머나먼 서역 땅에서 태어난 몸으로 바다를 향해 뻗은 종주먹 같은 이 땅으로 찾아들었을 때, 가장 먼저 나를 사로잡은 것은 이곳 백성들의 입성이었다네. 바람의 넋을 담은 옷, 그 옷을 입은 백성들은 온몸 가득 바람을 품은 채, 그도 모자라 춤을 출 때면 바람을 닮은 한삼까지 너울너울 날리는 것이었네. 내 태를 묻은 땅의 옷들도 그러하였지. 옷에 홀려 돛을 접고 닻을 내려 이 땅에 잠시 머물러볼 염(念)을 품었다면 억지라 하겠는가?

내 눈에는 그 순간만이 아닌 먼 훗날의 모습이 보였다네. 도포 자락 휘날리는 먼 훗날의 이 나라, 아직 오지 않은 그 시간까지도 나는 보았던 것이라네. 그 속에 나는 바람의 자손들을 뿌리고 싶었지. 내 넋의 조각들을 품은 나의 자손들을.

새로운 땅의 아름다운 기운에 절로 신명에 겨워 춤추던 나를 임금은 붙잡고 싶어 하였네. 그리하여 왕은 내게 급간이라는 벼슬을 내리고, 내 마음을 붙들 여인을 안겨주려고 하였지. 왕의 명령으로 수많은 가인(佳人)들의 초상화가 내 앞에 펼쳐졌다네.

시종들이 차례차례 두루마리 그림을 펼쳐보이던 때, 이어지는 아리따운 여인들을 지루하게 바라보던 내 앞에 한 장의 그림이 새로 열렸을 때, 불현듯 내 눈앞이 환해졌지. 나는 나도 모르게 그 그림 앞으로 홀린 듯 다가갔다네.

붉은 국화가 피어있는 가을 뜨락에 검은 고양이 한 마리가 뒤돌아 앉아 있었지. 앉은 채 고개만을 돌려 바라보던 그 나른하면서도 서늘한 눈길. 그림 밑으론 추정한묘(秋庭閑猫)라 적혀있었네, 가을 뜨락의 한가로운 고양이.

그 그림을 펼쳤던 시종은 당황하여 사색이 되었지. 하지만 나는 손을 내밀어 그림을 받았네. 놀라 호통을 치려던 임금의 낯빛도 가라앉았지. 귀신의 춤까지 따라 출 줄 알던 헌강왕이었으니 얼추 내 마음을 짐작하였을 것이네.

"급간은 이 그림이 마음에 드는가?"

그의 물음에 나는 고개를 연신 끄떡이며 빼앗길까 겁내는 아이처럼 그것을 소중히 품에 안았지. 그는 껄껄, 큰소리로 웃더군.

"역시 처용은 남다르군. 하하, 다들 마음을 놓아라. 급간이 좋다 하니 모든 허물을 용서하겠노라."

다른 그림은 볼 것도 없었지. 초상화를 올리라는 어명에 감히 세상의 어느 여인이 한 마리 축생을 그려 올릴 수 있단 말인가. 그 흑묘(黑猫)의 나른한 호박(琥珀)빛 눈빛은 또한 어느 생에선가 한번은 만난 적이 있었던 눈빛 같았으니 더 이상 내가 다른 어떤 여인에게 눈길을 돌릴 수 있었겠는가.

임금이 놀리듯 말했다네.

"혹여 얼굴이 박색이라 이런 짓을 했으리라곤 생각지 아니하는가?"

나는 조용히 미소를 지었지. 그럴 리는 없었지만 설령 그렇다 하더라도 상관없었네. 그의 얼굴 껍데기가 어떤 것이든 나는 이미 그 그림 한 장으로 내 온 마음을 빼앗기고 말았으니.

그리하여 초례청에서 이녁을 처음 본 날, 이녁은 뜻밖에도 나를 향해 매서운 눈빛을 쏘아 보냈지. 고양이의 나른한 눈빛이 아니라 살기등등한 뱀의 눈빛, 하지만 절벽 끝에서 훌쩍 몸을 날릴 수 있는 이녁의 그 서늘한 결기야말로 내가 가장 마음을 빼앗긴 모습이 아니었던가. 잊을 수 없는 그 첫 밤을 시작으로 이녁과 함께 보낸 환락의 그날들을 어찌 한 자락이라도 흘려버릴 수 있겠는가.

이녁과 함께 흐르고 흘렀던 시간들, 이녁과 나를 잇는 인연의 따스함, 바람에 실려 떠도는 나를 그만큼이라도 끌어내려 묶어둔 것은 오로지 이녁의 힘이었거늘.

아름답고 황홀한 사람, 나는 이녁의 모든 것을 어여삐 하였네. 아니, 지금도 이녁은 내 마음 속 가장 깊은 곳의 푸른 못이네. 이녁의 희디흰 허벅지에 엉켜있는 저 털북숭이 시커먼 가랑이가 그 푸른 못의 물을 더 깊어지게 함을 이녁에게 고스란히 전할 수만 있다면!

에헤라디여, 에헤라디여, 이 기쁨을 어찌 말로 표현하랴. 덩더쿵 덩실, 얼쑤.

2

달빛 스민 창호지 위로 백로의 날갯짓처럼 허위허위 흔들리는 그림자가 보입니다. 서방님의 춤사위지요. 소맷부리마다 바람을 그득 담고 잔뿌리 하나 땅에 내리지 않은 채 허공 속을 휘젓는 서방님의 춤사위.

처음 서방님의 춤을 보았던 때가 떠오릅니다.

임금님의 행차 속에서 덩실덩실 춤을 추며, 알아듣지 못할 말로 노래를 하는 서방님을 보고 장안의 처자들은 혼비백산하여 흩어졌지요. 서방님의 워낭처럼 크고 부리부리한 눈과 사천왕처럼 우람한 덩치는 그들을 두려움에 젖게 하기에 족했으니까요. 길가에 남은 이는 장정들과 노인들과 개구쟁이 사내애들뿐 젊은 계집이라곤 소첩 말곤 없었습니다. 저 또한 기실 오금이 저리도록 서방님이 두려웠지요. 무슨 낮도깨비라도 보는 것만 같았답니다.

그래도 소첩이 끝내 그 자리를 뜨지 못한 것은 놀라움 때문이었지요. 늘 조는 듯 세상일에 무심하던 소첩도 눈을 크게 뜨지 않을 수 없는 광경이었습니다. 태산만한 덩치인 사내의 춤이 사뿐사뿐 꽃잎 위에 앉는 나비처럼 가벼운 것이 도통 믿기지가 않았지요. 산 도적 같은 사내가 바람에 흔들리는 나뭇가지처럼 허위허위 흐느적거리며 허공을 휘젓는 그 모습도 꿈인지 생시인지 싶었고요. 서방님의 노랫소리도 그랬습니다. 바로 코앞에서 들리는 그 소리가 머나먼 저승에서 들려오듯 아득했지요. 서방님의 옷에 달린 유리와 산호로 된 노리개들이 바람에 흔들리는 풍경처럼 쟁그랑쟁그랑 맑은 소리를 냈습니다.

그러던 한 찰나 어떤 억겁의 인연이 끼어들었는지 서방님과 제 눈길이 마주쳤지요. 서방님은 소첩을 향해 싱긋 웃어주기까지 하였답니다. 하오나 그 눈길이 지나가 머무르는 곳은 소첩이 아닌 아득한 허공이었습니다.

순간 소첩의 숨이 잠시 멎었다 저 깊은 곳 어디서부턴가 쓰라림이 밀려오기 시작했지요. 잘 벼린 비수에 스친 상처에서 망설이듯 천천히 피가 배어나오듯. 저 사내를 사모하는 일은 꼭 그러하리라 짐작이 갔습니다. 그러하나 이미 늦은 일이었지요. 장안 사내들의 속을 태우고, 그들을 잠 못 들게 하던 서늘하고 무심한 계집이었던 소첩은 그날, 퉁방울눈을 가진 무시무시한 사내에게 마음을 빼앗기고 만 것이옵니다.

서방님은 그저 임금님이 내민 가인들의 초상화 속에서 엉뚱하게도 국화꽃 옆 검은 괭이 한 마리를 그려낸 여인네를 궁금증에서 골랐던 것뿐이겠지요. 하오나 소첩은 서방님을 처음 본 그때 이미 서방님의 아낙이었습니다. 그리하여 그 숱한 아리따운 여인의 초상화들 속에서 서방님의 눈길을 끌려면 어찌해야 하는지를 궁리하고 궁리하였지요. 그런 끝에 소첩은 도박을 하기로 한 것이옵니다. 도박은 도박이되 장대 위에 목을 걸어놓고 하는 도박이었지요.

다르지 않고는 안 되는 일이었습니다. 다르다는 것은 눈썹을 초승달처럼 더 휘게 하고, 입술을 앵두처럼 더 붉게 하는 것으론 모자라지요. 다르다는 것은 이승과 저승처럼, 달과 해처럼 온전히 다른 것이어야 했지요. 기실 얼굴이나 자태가 다른들 얼마나 다르겠사옵니까. 온전히 다른 무엇인가를 보여야만 했습니다. 제 속의 어떤 고갱이 같은 것을. 서라벌 사내들이 소첩을 부르는 애칭이었던, 가을 뜨락의 나른한 고양이를 그려야겠다 마음먹었지요. 아무리 열정을 보여도, 나른하게 졸고 있는 가을 뜨락 괭이처럼 조금도 달뜨지 않는 한 처녀를 그들은 그렇게 애정 어린 이름으로 불러주었지요.

화공에게 그것을 그려 달라 부탁하자 그는 껄껄 웃으면서 말했지요.

"그건 아기씨만이 아닌 내 목숨까지도 위태롭게 하는 일이온데…"

화공의 말은 옳았지요. 서방님이 소첩을 택하지 않았다면 상감의 명령을 무시한 화공과 소첩은 목숨을 부지하기 힘들었을 것입니다. 하오나 자신의 목을 장대 위에 걸어놓은 판에 화공의 목 따위 걱정할 여유가 제게 있었겠사옵니까? 무조건 그를 끌고 갈 수밖에 없었지요. 소첩에게는 확신이 있었습니다. 서방님은 반드시 나를 택한다, 모란과 작약이 가득한 꽃밭에서 그 중 나은 모란, 그 중 어여쁜 작약을 고르느라 쩔쩔맬 소인배가 아니다, 그는 분명 그 화려함 속에서 홀로 오롯한 못 보던 꽃에 눈길을 돌릴 사람이다, 내가 본 그는 그런 사내였다, 그렇지 않다면 내 눈이 멀어 잘못 본 것이니 망나니의 칼질에 목이 끊어져도 좋다, 소첩은 그렇게 믿었습니다. 그러나 그런 믿음을 화공에게까지 억지 부릴 수는 없었지요. 소첩은 말없이 그를 바라볼 도리밖에 없었사옵니다. 그는 다시 큰소리로 웃더니 말했지요.

"좋소, 내 한번, 아기씨를 위해 몸을 던져 보겠소. 허나 종이에 그려지는 건 한 마리 축생일지라도 내가 그리는 건 아기씨, 당신이오. 그러니 나는 팽이가 아닌, 아기씨를 보고 그려야만 하겠소."

서방님은 뒤돌아 바라보는 검은 팽이의 눈길이 어디서 꼭 본 듯했다고 하였지요. 소첩과 화공이 그 그림에 건 것이 목숨일진대 소첩의 넋이 어찌 그 그림에 배어들지 않을 수 있었겠사옵니까?

검은 고양이의 그림만으로 고른 여인을 초례청에서 처음 보던 날, 서방님은 워낭처럼 큰 눈을 더욱 크게 뜬 채 소첩을 바라보았지요. 소첩 역시 목을 꼿꼿이 세운 채 그 눈을 피하지 않고 맞받았습니다. 온몸이 후들거려 서있기도 힘들었지만 이미 마음 뺏긴 사내 앞에서의 오기가 그 두려움을 눌렀습니다. 소첩의 마음을 들키기 싫었사옵니다. 누구에게도 마음 빼앗겨본 적 없던 소첩이 근본도 알 수 없는 이역(異域)의 사내에게 그리하였다는 것이 속이 뒤틀릴 정도로 못마땅했습니다. 그 사내를 얻기 위해 장대 위에 목을 올려놓기까지 했던 집념은 어느 새 분노로 바뀌었지요. 내 마음을 앗아간 자에 대한 노기가 마음 뺏긴 사내를 낭군으로 맞아들인다는 기쁨 보다 컸사옵니다. 그때 소첩은 초가을 독 오른 한 마리 뱀이었지요.

하오나 새파랗게 이글거리는 눈으로 서방님의 눈길을 맞받아쳤을 때 서방님의 얼굴에 떠오르던 그 동자처럼 천진하던 미소, 그 미소를 보자 소첩의 독기는 제풀에 다 꺾이고 말았지요. 소첩의 얼굴은 감이 익어가듯 천천히 붉어졌습니다. 노여움으로 간신히 막아놓았던 정념은 그리하여 대책 없이 쏟아질 수밖에 없었지요. 그리고 나니 남은 것은 홍시처럼 붉어진 얼굴뿐이었습니다.

소첩의 짐작은 틀리지 않았지요. 서방님과 지내온 그 세월, 서방님의 그지없이 다정한 어루만짐 속에도 서방님의 넋은 허공을 헤매고 있다는 것을, 서방님의 온몸에 돋아난 셀 수도 없이 수많은 터럭의 어느 한 올조차 소첩이 붙들 수 있는 것은 없다는 것을 소첩은 날선 칼에 서서히 배어나오는 피를 바라보듯 고요히 지켜볼 수밖에 없었사옵니다. 언제 햇살에 녹아 사라질지 모를 눈사람이라도 안고 있는 양 헛헛하고 쓸쓸한 세월이었지요.

그런 세월 속에 문득 몸엣것이 비치지 않는다는 것을 알게 되었습니다. 이미 서방님과 지낸 세월이 다섯 해, 그간 태기가 없었다는 것이 외려 드문 일이겠지만 서방님과 소첩은 서로 어우러져 노는 일에 취해 잉태를 기다려본 적이 없었지요. 거기에 소첩은, 바람의 넋이 어찌 뿌리를 내리겠는가, 잉태에 대한 기대마저 접었던 터라 그 일이 뜻밖이고, 놀라웠사옵니다.

그날, 의원에게 맥을 잡혀 태기를 확인하자마자 서방님에게 당장 그 소식을 알리려고 나서던 소첩은 무엇엔가 뒷덜미라도 잡힌 듯 그 자리에 붙박혀 서고 말았지요. 너울처럼 두려움이 덮쳐왔습니다. 서방님의 자식을 잉태한 기쁨 앞에 두려움이라니요?

잉태를 알리면 덩실덩실 춤이라도 출 서방님이 떠올랐습니다. 어쩌면 서방님은 허공에서 허위허위 추던 춤을 멈추고, 이 땅 위에 잔뿌리라도 내려 발을 붙일지도 몰랐지요. 그것은 소첩에겐 끔찍하도록 선연한 유혹이었습니다. 아이는 갈고리가 되어 서방님의 넋을 파고들어 바람으로 떠도는 서방님을 붙잡아 매겠지요. 그렇게라도 서방님을 이 땅 위에 매어 두고 싶다는 욕심이 소첩을 사로잡았습니다. 하오나 그 길이 얼마나 참혹한 욕심의 길인지도 소첩의 눈에는 또렷이 보였더랬지요. 그런 길 따위는 보이지 않는 눈먼 계집이라면 차라리 좋았을 것을. 그도 아니라면 정인(情人)을 떠나보내고도 의연히 살아낼 수 있는 맑고 거룩한 여인이었더라면.

그 어느 것도 못된 소첩은 두 갈래 길 사이에서 몸이 찢어질 것만 같았사옵니다. 허공을 바라보는 눈길이 날로 스산해지는, 술과 노래에 파묻힌 채 휘적휘적 밤거리를 헤매는 날들이 점점 늘어나는 서방님을 보는 막막함도 소첩의 심기를 더욱 어지럽혔지요.

마침내 소첩은 다시금 백척간두의 끝에 서기로 하였습니다. 오늘이 온 것은 그런 연유였사옵니다. 서방님과 어우러지던 그 이불 밑에 외간 사내를 끌어들여 서방님의 눈앞에 들이미는 일. 이것이 진정으로 당신이 원하는 일인가, 서방님께 칼을 들이대듯 묻고 싶었습니다.

그런데 서방님은, 소첩을 그토록 품 안의 구슬처럼 괴어온 서방님은 저리 허위허위 기쁨의 춤을 추는군요. 서방님의 허공을 보던 그 눈길은 한 점의 거짓도 스미지 않았던 것이었군요. 소첩의 애정이 그토록이나 서방님을 묶었던가요? 설령 그랬다 할지라도 제 계집이 다른 사내의 품에 안긴 것을 두 눈으로 본다면 아무리 서방님이라도 피가 거꾸로 솟으리라 한 줄기 기대를 하였건만. 서방질한 년으로 그 당장 끌려 나가 뭇매를 맞고 불에 타죽는 한이 있더라도 길길이 날뛰는 서방님을 볼 수만 있다면 원도 한도 없으려니 하였건만.

소첩의 눈가로 소리 없이 눈물이 흘러내리옵니다. 서방님이 그 일에 격분하거나 조금이라도 슬퍼했다면, 그랬다면 서방님은 이 땅에 가늘다가는 실뿌리라도 내리고 있는 것일 터이니 소첩은 잉태의 사실을 알리려고 하였사옵니다. 그러나 서방님의 춤사위에는 기쁨만이 가득합니다. 한 점의 거짓도 섞이지 않은 환희의 춤.

소첩이 깨끗이 졌사옵니다. 물방울만한 애정도 없다한들 사내라면 제 아낙이 다른 사내의 품에 안긴 것을 보매 눈이 뒤집히는 법이지요. 설사 부처라 할지라도 시앗을 보면 돌아앉는다 하였는데, 시커먼 다른 사내의 품에 안긴 지어미를 눈앞에서 보고도 덩실덩실 춤을 추는 서방님은 진정 이 땅의 사내는 아니옵니다. 땅의 나라 지아비들 같으면 펄쩍 뛰고 칼부림을 하여도 개운치 않을 그 자리에서 덩실덩실 춤을 추는 서방님은 정녕 바람의 나라 백성이던가요? 참으로 알 수 없는 분이옵니다.

"저 춤추는 그림자가 그대 낭군의 것인가?"

옆에 누운 사내가 묻습니다. 내 사랑을 위해 나와 함께 목숨 걸어주었던 그 화공이 이번에도 다시 한 번 나를 위해 목숨을 걸어주었습니다. 어허허, 그대를 위하는 길은 어째 매번 장대 위에 목을 거는 일이란 말이오? 그는 그렇게 또 너털웃음을 터뜨리며 흔쾌히 소첩의 청을 들어주었지요.

"그대는 참으로 기이한 사내를 얻었군. 그대 같은 여인이 탐낼만한 사내로다."

그는 자리에서 일어나 앉더니 둘둘 말린 화선지를 풀고 먹을 갈아 춤추는 서방님의 그림자를 종이 위에 옮깁니다. 덩더쿵 덩실, 하얀 종이 위에 그림자의 서방님이 춤을 추고 있습니다.

저 멀리 깊은 산골에서 고라니가 통곡하듯 우는 소리가 들려옵니다. 저것이 발정의 신음소리라는군요. 저 여리고 겁 많은 짐승은 발정조차 저리도 애달파야 하는 것인지요.

3

에헤라디여, 이 기쁨을 어찌 말로 표현할 수 있으랴.
내 입에선 절로 노랫소리가 흘러나오네.

서라벌 밝은 달에
밤들어 노닐다가
들어와 자리를 보니
가랑이 넷이어라.
둘은 내 것인데
둘은 뉘 것이뇨.
본디 내 것이다만
앗긴 것을 어찌하리.

덩더쿵 덩실, 노래와 춤이 달빛 아래 얽혀 그대들의 가랑이처럼 즐거워하
고 있네. 노래와 춤에 취해 나 홀로 몰아지경에 빠져있는데, 갑자기 내 눈 앞
에 덥석 무릎을 꿇는 저 검은 그림자는 무엇인가.
"한번 뵙고 싶었소."
검은 그림자가 말을 하는군. 내 춤을 마저 추고 싶은 나는 그에게 미처 대

꿈를 하지 못 하네. 그가 다시 말하는군.

"용서를 빌지는 않으리다. 이것은 당신이 원했던 일일 터이니."

그제야 나는 춤을 멈추고 그 그림자를 바라보았네. 그가 그대와 얽혀있던 가랑이의 주인임을 비로소 알았지.

"나는 추정한묘의 그림을 그렸던 화공이오. 오늘 또 한 장의 그림을 그렸으니 받아주시오."

그가 고개를 들며 품안에서 한 장의 그림을 꺼내 내게 내미네. 나는 말없이 그 그림을 펼쳐 달빛에 비춰보았지. 먹으로 친 그 그림은 검은 그림자로 그려진 춤추는 남자의 모습이었네.

"나를 그린 것이오?"

"그렇소이다."

"고맙게 받으리다."

그러자 그가 희미하게 웃더니 다시 입을 열었네.

"당신과 나는 이것으로 셈을 치르면 될 것이오. 허나 우리에겐 저 여인이 있소. 세상의 모든 귀와 눈이 주목할 저 여인, 이 밤바람이 온 저잣거리에 퍼뜨릴 이야기, 아무리 당신이 용납하고, 아니, 간절히 바래서 이루어진 일이라 한들 세상은 제멋대로 저 여인을 세치 혀로 쳐 죽일 것이오."

나는 가만히 화공을 바라보았네. 이녁이 겪을 수모가 내 것으로 등줄기를 타고 흘러내렸지. 나는 조용히 입을 열었네.

"당신 말이 옳소. 나는 여기 태생이 아니라 거기까진 생각이 못 미쳤소. 그렇다면 내 처를 위해 우리가 할 수 있는 일이 무엇이겠소?"

화공은 품안에서 다시금 그림 한 장을 내밀었네. 거기에는 내 얼굴의 특

징을 과장하여 도깨비처럼 그린 귀면의 그림이 있었지.

"이 또한 나를 그린 것이오?"

"그렇소이다. 앞서 드린 것이 내 진심으로 당신을 위해 그린 그림이라면 이것은 세상에서 저 여인을 지키기 위한 방편으로 그린 그림이라오."

"나를 도깨비처럼 그린 것은 무슨 뜻이오?"

"그것은 당신의 얼굴을 무섭게 보이게 하기 위한 것이오. 오늘의 나는 역신이었던 걸로 해둡시다. 역신이 당신 부인의 미모에 혹해 당신의 모습으로 변해서 저 여인을 범한 것으로 말이오. 밤늦게 들어온 당신은 그 모습을 보고도 뜰로 나가 노래를 부르며 춤을 추고, 그 관대함에 감동한 역신이 당신에게 무릎 꿇고, 당신의 얼굴을 그려놓은 곳에는 절대 가지 않겠다고 맹세한 걸로 말입니다."

나는 화공을 유심히 바라보았네. 깊이를 알 수 없는 두 눈이 달빛에 형형히 빛나고 있었지.

"그렇게 하는 것만이 저 여인을 살리는 길일 것이오. 당신은 역신까지 감동시킨 관대함으로 연년세세(年年歲歲) 그 이름을 전할 것이며, 저 여인은 남편에 대한 정조를 지키면서도 역신까지 매혹시킨 미모로 또한 사람들의 뇌리에 남을 것이오."

처음으로 나는 부끄러움을 느꼈네. 내가 나의 기쁨에만 빠져 있을 동안 그 사내는 이녁을 걱정하고, 이녁을 지켜줄 궁리를 짜고 있었지. 나는 아무 말 없이 고개만 주억거렸네. 그가 외려 나지막한 목소리로, 고맙소, 라고 말한 뒤 훌쩍 담을 넘었지.

그러자 나는 불현듯 이녁이 그리워져 참을 수가 없었다네. 용암처럼 뜨거워진 몸으로 나는 이녁을 찾았지. 이녁에게 깊이 빠질수록 내 발목을 조여오던 오랏줄이 그만큼이라도 느슨해졌으니 나는 거칠 것이 없었네. 아직 다른 수컷의 체온이 채 식지 않은 이불 속에서 나는 온몸을 떨면서 아무 거리낌 없이 내 속의 것을 쏟아내고, 이녁의 모든 것을 받았지.

그날 밤의 밤바람이 정말로 그 이야기를 퍼뜨린 것일까?

화공이 만들어낸 소문은 곧 서라벌 전체를 뒤덮었네. 사람들은 모두 내 도깨비 같은 얼굴을 집 앞에 그려 붙였고, 내가 부른 노래를 따라 부르고, 내가 춘 춤을 따라 추기 시작했지. 그리하여 그대와 나는, 세세연년 이어 내려갈 신화의 주인공이 되었다네.

4

그 밤, 졸지에 역신이 된 사내가 떠나간 이부자리 속으로 서방님은 다시 파고들어 왔지요. 다른 어느 때보다도 서방님의 몸은 뜨겁게 달궈져 있었습니다. 소첩은 그런 서방님을 고스란히 받아들였지요. 소첩의 몸 역시 그 어느 때보다도 활짝 열려 있었고요.

하오나 소첩은 알고 있었사옵니다. 서방님 몸의 뜨거움은 소첩에게서 풀려난 기쁨에서 온 뜨거움이며, 소첩 몸의 뜨거움은 서방님을 떠나보내는 슬픔에서 온 뜨거움이란 것을. 서방님은 풀려난 기쁨에 더 큰 정을 쏟았고, 소첩은 떠나보내는 슬픔에 더 짙은 정을 퍼부었지요. 그리하여 그 밤은 불에 달군 쇠로 지진 듯이 우리 두 사람의 몸과 마음에 각인될 수밖에 없는 것이 었사옵니다. 서방님과 소첩은 탈진하도록 서로를 찾고, 끝없이 정을 나누었지요. 서방님에게는 시작이었으나 소첩에게는 끝이었던 그 밤.

참으로 아둔한 사내인 서방님, 계집의 마음 깊이에 무엇이 있는지 결코 모르는, 계집의 껍데기가 웃고 있으면 웃는 줄로 아는, 그 붉은 입술이 상냥 스레 말하면 마음도 그러한 줄 아는 사내. 아니, 당신의 기쁨에 겨워 소첩의 고통엔 미처 생각이 닿지 못했을 터이겠지요. 그것이 백척간두에서 뛰어내 린 소첩의 진검승부였다는 것은 짐작조차 못하였겠지요. 당신의 오랏줄이 풀린 기쁨에 무엇인들 눈에 들어오기나 했겠사옵니까?

그저 소첩이 바람이 나 외간 사내를 끌어들인 것으로만 알았을 서방님, 그토록 많은 밤을 품어 안고도 아낙의 깊은 속을 한 치도 알지 못하는 서방 님, 뿌리 내린 것만이 파고들 수 있는 법이지요. 잔뿌리 한 올 내리지 않는 서 방님으로선 몇 생을 살아도 모를 그것.

그 밤을 끝으로 소첩은 마음의 주렴을 내려버렸습니다.

밤바람이 온 저자거리에 퍼뜨린 그 소문은 소첩을 이 서라벌 최고의 절색 으로 만들었사옵니다. 소첩은 정조는 정조대로 지킨 채 역신에게 범함을 당 한 기묘한 역할을 하게 되었지요. 사내와 서방님이 힘 모아 만들어준 그 정 교한 계략은 공식적으로는 소첩을 지켜냈습니다. 세상은 소첩을 우러렀습 니다. 상감마마저 국중나례 때 몸소 소첩과 서방님을 대궐 안으로 불러 악 귀를 쫓는 의식을 행하게 하지 않으셨던가요?

하지만 큰 세상은 소첩을 우러렀지만 작은 세상, 저잣거리 하나하나의 인간들은 소첩을 손가락질하고 수군거리기 시작했지요. 소첩은 그들이 뒤에서 잘근잘근 씹어대는 것을 괘념치 않았사옵니다. 그럴수록 더욱 고개 곧추세우고 세상을 향해 독을 품었지요.

하오나 서방님, 그럴 때마다 그 독은 소첩의 몸 안으로 퍼져나갔고, 소첩의 오장육부는 스스로의 독에 녹아서 짓무르고 삭아가기 시작했습니다. 사람들의 손가락질은 질시가 묻었기에 더욱 독했지요. 사내가 좀 더 세상의 속내를 헤아릴 줄 알았더라면 소첩을 희생자로 만들었어야 했사옵니다. 역신은 서방님의 모습으로 소첩과 정을 나눈 것이 아니라 강제로 소첩을 범했어야 했지요. 또한 소첩의 미모에 혹한 것이 아니라 목욕하는 나신을 보고 순간적인 충동에 겁탈한 것이어야 했고요. 그랬다면 소첩은 질시가 아닌 동정의 대상이 되었겠지요. 하온데 소첩은 한 군데도 이지러지지 않았습니다. 낭군인 줄 알고 사내를 받아들인 여인, 역신조차 반하게 한 미모, 저자거리 모든 여인네들의 독 묻은 시샘의 화살이 소첩의 몸 마디마디마다 박히는 것을 소첩은 피할 도리가 없었습니다.

궁정 관리 부인들의 길쌈 모임 때였지요.

참, 저기 급간 댁 마님은 길쌈을 잘 해서 보쌈도 잘 당하시나 보우, 한 부인의 말에 모두들 배를 흔들며 웃어대더니 한 마디씩을 덧붙였지요. 난 이제 영감과 누울 때면 혹시 역신이 둔갑한 게 아닌가 걱정이 된다우. 그런데 그렇게 생각하면 몸뚱이가 훨씬 더 근질거리니 알다가도 모르겠어. 호호, 다시금 웃음소리가 길쌈 판을 흔들었지요. 급간 부인, 터놓고 좀 말해 봐요, 궁금해 죽겠어. 역신의 물건은 어찌 생겼다오? 힘은 어떻고?

소첩은 미동도 않고 앉아 있었습니다. 면전에서 당하는 것이 처음일 뿐 이미 저자 거리 뒤통수로 꽂혀오는 손가락질엔 익숙한 몸이었지요. 제웅에 꽂히는 바늘처럼 그들의 말이 소첩의 온몸으로 박혀왔지만 말없이 견디고 견뎌냈지요. 마침내 그들은 그런 소첩의 모습에 머쓱해져서 조용히 길쌈일 로 되돌아갔습니다. 그러하나 소첩의 내장은 그 짧은 시간 동안에도 흐물흐 물 더운 물에 삶아낸 듯 허물어지고 말았지요.

집에 돌아와 자리에 누운 소첩은 통곡이라도 터뜨리고 싶었사옵니다. 하 오나 소첩의 몸에서는 눈물 한 방울 솟아나오지 않았고, 목에서는 곡소리 하 나 흘러나오지 않았습니다. 소첩의 몸은 그저 펄펄 끓기 시작했지요. 언젠 가 서방님이 말해준 서방님 고향의 땅, 그 모래의 땅에 지는 해처럼. 어디든 물이 솟는 이 땅의 점잖고 온순하게 지는 해와는 달리 그것은 이글이글 타는 불덩어리라고 하였지요?

제 몸을 식혀줄 물이라곤 없으니 그것은 더욱 붉고 뜨거울 수밖에요. 소 첩이 바로 그 불덩어리였사옵니다. 소첩의 몸은 물기를 잃고 타오르고, 몸속 에서는 모래바람만이 몰아쳤지요. 눈물도 곡소리도 쏟을 수 없었던 것은 어 쩌면 소첩의 염치였는지도 몰랐습니다. 일찍이 이부자리 속으로 외간 사내 를 끌어들일 제, 소첩은 사람들의 발길질에 채여 죽어도 좋다고 이미 각오하 지 않았던가요, 오직 길길이 날뛰는 서방님의 모습을 보고 싶다는 이유 하 나로?

소첩은 그다지도 못난 계집이었사옵니다. 걸핏하면 목숨을 걸고 벼랑에 서 뛰어내리기를 되풀이하는 미욱한 계집, 허나 단칼에 죽을 수는 있어도 오 래도록 난자되어 길게 죽어가는 꼴은 못 당하는 것이 또한 소첩의 성정이었던 모양입니다.

하긴 어떠한 수모와 모멸도 그 밤의 절망에 비할 수야 있겠사옵니까? 그 달 밝던 밤의 아득함이야말로 소첩의 온몸에서 단번에 모든 물기를 앗아간 것을.

봄이 마저 지나고, 여름이 다 가도록 소첩은 서천서역국 가는 길 갈증에 지쳐 쓰러진 낙타처럼 일어나지 못했습니다. 걱정으로 안절부절못하는 서방님마저 멀리 내친 채 홀로 앓고 앓았지요.

와병의 끝에 이불을 털고 일어나자 뜨락에는 가을이 와 있었습니다. 국화의 향이 소첩의 코끝을 맴돌았고, 맑은 가을바람에 혼까지 깨끗이 씻기는 듯싶었지요. 온몸이 더운 물에라도 담긴 듯 나른하게 풀리면서 맥없이 눈물이 흘러내렸습니다. 그 긴 병중에도 한 방울도 솟지 않던 눈물이 말이옵니다. 그 눈물을 통해 흘러내린 것은 무엇이었을까요? 소첩의 무엇이 그 눈물을 통해 이 육신을 빠져나갔을까요?

아마도 그것은 독기였나 봅니다. 독사의 몸에서 독이 빠져나가면 그것은 이제 무엇에 의지해 고개를 쳐들 수 있을까요? 빳빳이 고개 쳐들 그 독기가 없다면 독 없는 그 뱀에게 이 삶은 무엇이옵니까?

어느새 볼록해진 아랫배를 쓰다듬어 봅니다. 이 소중한 아이가 제 아비의 숨통을 조이는 갈고리가 되게 할 수는 결코 없사옵니다. 소첩이 만약 서방님의 품에 다시 안기는 날이 온다면 아마도 소첩은 제 목이 잘리는 한이 있어도 서방님을 붙들어 매어 곁에 두려고 할 것이옵니다. 이미 뜨거워진 피를 지니게 된 계집이 그것을 막을 수 있는 일이란 내내 사내들을 끌어들이는 일

뿐이었지요. 소첩의 이불 밑을 드나든 수컷의 수는 손가락으로 헤아리기도 부족하옵니다. 단 한 사람, 서방님을 받아들이지 않기 위하여 소첩은 서방님이 아니라는 이유만으로 숱한 사내들을 끌어들였지요.

소첩은 몸이 뜨거운 계집이기에, 마음 뺏긴 사내를 인연의 오라로 단단히 내 것으로 묶고 싶어 하는 욕심 많은 계집이기에, 이 부나비 같은 몸뚱이와 넋 또한 내 사내, 내 지아비의 것에 꽁꽁 묶어두고 싶은, 저 저잣거리 흔하디 흔한 계집이기에.

하오나 모든 것은 다 지나갔사옵니다.

추정한묘(秋庭閑猫), 이제 정말 소첩의 인생은 그 이름 그대로 가을 정원처럼 그지없이 쓸쓸한 것이 되었사옵니다. 나른한 고양이가 뒤뜰에 누워 가을 햇살을 받듯 눈앞을 지나가는 모든 것을 무심히 받아들일 따름이지요. 사내든, 고통이든, 기쁨이든 소첩에게 모든 것은 눈앞을 지나가는 그림자에 불과하지요. 삭막하고 황폐한 가을 정원의 그림자, 한눈에 내 넋을 앗아간 그 사내를 뺀 내 인생이란 간신히 그것일 따름이옵니다.

만취해 들어온 서방님이 국화 향 짙은 가을 달빛 아래 또 그렇게 허위허위 춤을 추고 있군요. 하오나 지금의 춤은 기쁨에 겨웠던 그날의 춤이 아니옵니다. 그렇군요. 저자거리에서 상처를 입은 것이 어찌 소첩뿐이오리까?

창호지에 어리는 서방님의 춤추는 그림자만 보고도 소첩은 억장이 무너지옵니다. 내 고통에는 그토록 힘들여 흐르던 눈물이 서방님의 고통 앞에는 이리도 쉽게 흐르는군요. 어디를 다친 것이옵니까? 짐작은 가고도 남사옵니다. 서방님의 허허한 자유로움을 이 땅 어느 누구가 감당할 수 있겠사옵니까?

당장이라도 이 문을 열어젖히고 서방님을 부르고 싶사옵니다. 그리하여 이 계집의 뜨거운 몸으로 서방님의 다친 마음을 지져드리고, 이 계집의 흐르는 눈물로 서방님의 쓰라린 환부를 씻어내고 싶사옵니다.

서방님의 검은 그림자가 점점 다가옵니다. 서방님이 문고리를 잡고, 소첩의 이름을 부르는군요. 소첩의 손이 저도 모르게 앞으로 내밀어집니다. 그러나 소첩은 그 손을 간신히 거두고, 가라앉은 목소리로, 건너가 주무시라고만 말합니다. 검은 그림자는 한참을 그대로 움직이지 않고 있군요. 소첩은 태연하고 싸늘하게 말할 뿐입니다. 소첩의 애정은 땅에 뿌리 내린 암컷의 애정이기에. 서방님처럼 허위허위 허공으로 날아오르는, 잔뿌리 하나 내리지 않는 가비야운 애정이 못 되옵기에 소첩은 차라리 이렇게 이를 악물어야 하는 것이옵니다.

그렇지 않다면, 그렇지 않다면, 이 타오르는 몸과 삭아 내리는 마음으로 저 문을 열고 서방님을 붙든다면, 소첩은 다시는 서방님을 놓지 못할 것을 알기 때문이옵니다. 그리하여 서방님이 우리에 갇힌 짐승처럼 시들어 목숨이 끊어진다 하여도 이미 아귀가 된 소첩의 정념은 서방님을 놓아주지 않을 터이니까요. 허공의 사내와 흙의 아낙이 만났으니 어쩔 수 없이 겪어야 하는 슬픔. 소첩도 서방님과 같을 수 있다면, 소첩도 서방님처럼 허위허위 저 허공에서 매인 것 없이 춤추는 계집이었다면.

힘없이 돌아선 서방님이 멀어져가는군요. 아니, 문득 멈춰 선 것은 저 처연히 이우는 반달을 바라보기 위해서인가요?

서방님의 어깨가 다시 움찔거리는군요. 서방님 속의 슬픔과 고통이 동백

꽃 지듯 춤으로 뚝뚝 떨어지겠지요. 서방님의 그림자 팔이 달을 향해 흔들거리고, 서방님의 그림자 다리가 국화 옆에서 건들거립니다. 헛헛하고 괴로운 춤사위가 가을 뜨락에서 펼쳐지고 있습니다. 달이 이울도록 서방님의 춤은 끊이지 않고 이어집니다. 지금 서방님은 어느 세상으로 가 있는 것인지요?

마침내 달이 저물어 그림자는 어둠 속으로 서서히 묻혀 사라집니다. 소첩의 눈에 서방님은 이제 보이지 않사옵니다. 소첩은 눈을 감고 귀를 기울입니다. 어둠 속에서 낮고 슬픈 서방님의 노래 곡조가 저미듯이 흘러옵니다.

서라벌 달도 저문 밤에

저잣거리 헤매는 이 몸

비웃음의 돌팔매에 비틀거리네

안해를 빼앗기고도

겁에 질려 도망친 사내라고

간도 쓸개도 없는 사내라고

사내라고 생긴 것들은 모조리

나를 향해 침을 뱉네

돌아가 안기고 싶은 안해마저

차갑게 나를 내치니

나는 이제 무엇을 하랴.

오직 춤추고 노래할 밖에.

서방님의 노랫소리가 한 뜸 한 뜸 바늘로 심장에 글자를 새기듯 소첩의 명치끝을 파고듭니다. 숨을 쉬기가 괴롭습니다. 당장이라도 서방님에게 달려 나가 그 품에 안기고만 싶사옵니다. 문고리를 잡아당기던 뜨거운 손이 차가운 쇠의 감촉에 섬뜩해 물러섭니다. 어쩔 것인가. 이렇게 서방님을 다시 붙잡은들 어쩔 것인가. 그리하면 소첩의 정념의 밧줄은 더욱 더 칭칭 서방님의 넋을 묶으려고 할 것인즉.

소첩은 이 몸을 인두로 지지고 싶사옵니다. 소첩의 몸에 깃든 그 뜨거운 정념과 풀어줄 줄 모르고 묶으려고만 드는 집착의 오라와 땅에 딱 붙어 허공으로 날아오를 줄 모르는 이 굵은 뿌리로 뻗은 소첩의 육신을. 이 모든 것을 인두로 지지고, 칼로 잘라내고, 서방님처럼 날아오르고만 싶사옵니다. 그렇게 태어나지 못한 이 몸이 참으로 원망스럽습니다.

어둠 속에서도 소첩은 서방님의 모습을 그려낼 수 있지요. 무수히 손으로 어루만졌던 그 얼굴, 넓디넓은 이마와 무성한 눈썹을, 능금처럼 붉은 얼굴과 사기처럼 하얀 이를, 심목고비(深目高鼻), 깊은 눈과 높은 코를, 그리고 늘 춤출 듯이 구부러진 어깨를, 소첩을 품어주던 단목(檀木)처럼 옹골진 너른 가슴과 서방님의 온몸을 덮은 검은 터럭들까지.

소첩의 몸이 다시금 뜨겁게 달아오릅니다. 눈에서 흐르는 눈물마저 뜨거워집니다. 아무래도 이 몸을 흐르는 피는 물로 된 것이 아닌가 보입니다. 서방님의 태를 묻은 땅에서는 불이 붙는 기름이 치솟아 오른다고 하였지요? 소첩의 피는 그런 기름으로 이루어진 것일까요? 이 고통의 복판에서도 이렇듯 몸이 달아오르는 것을 천형이라 해야 하는지요?

달려 나가 서방님의 바짓가랑이라도 붙들고 싶건만 이불자락만을 쥐어뜯으며 그 마음을 간신히 억누릅니다.

어느새 달이 이울어 창호지 밖은 컴컴합니다. 밤새소리조차 들리지 않고, 서방님의 기척도 사라진 듯싶사옵니다. 방으로 들었는지요? 아니면 또 어느 밤거리를 휘청휘청 헤매고 있는지요?

이리 될 줄 알았더라면 그 어느 날 바람처럼 춤추는 서방님을 보지 말아야 했을 것을, 검은 꽹이의 그림으로 서방님의 마음을 호리는 짓 따위는 벌이지 말아야 했을 것을.

5

안개가 가을 뜨락을 덮고 있소. 조하주(朝霞紬) 비단을 보는듯하오. 아침 안개가 낀 듯이, 물에 비친 구름 그림자처럼 아롱아롱 아름다운 그것, 이녁은 내게 조하주 같은 여인이었지. 알몸으로 품에 안고 그 가장 깊은 곳까지 몸을 맞대어도 언제나 신비로웠던 사람.

이녁의 방 앞에서 가만히 멈추어 보오. 자작자작 밥물 잦듯 고요히 퍼지는 이녁 숨소리가 들리는 것만 같소. 이세라도 이 빙문을 벌컥 열고 들이기 이녁을 단 한번이라도 품에 안고 싶소. 아니, 그저 그 고운 이마와 뺨에 얼굴이나 한번 부빌 수 있어도 좋겠소. 아니, 아니, 그도 욕심일 것이오. 오직 이녁의 모습을 먼발치에서라도 내 눈에 담아 갈 수 있다면.

새벽잠 없는 이녁이 오늘은 어인 일인지 아직도 깊은 잠에 빠져있는 듯하오. 잘 된 일이오. 이녁의 모습을 다시 본다면 내 어찌 저 길 위로 발을 뗄 수 있으리오?

추정한묘, 나의 사랑, 나의 여인, 나의 안해.

잠든 이녁을 두고 나는 이제 떠나려하오. 이 땅의 첫 인연이었던 개운포 앞바다로 갈 것이오. 그곳에는 이미 나를 기다리는 배 한 척이 와 있다오.

대문 앞에는 아까부터 마부가 조용히 말을 매놓고 기다리고 있소. 꼬박 하루를 달려야 내일 아침 해가 돋기 전에 그 배를 탈 수 있을 것이오.

내 땅의 사람들은 신라를 황금의 나라라고 불렀소. 황금이 넘치는 땅이기도 하였지만 물이 맑고, 공기가 신선하며, 토지가 기름지고, 모든 것이 충족하여 한번 이 나라에 오면 되돌아가는 것을 잊게 되는 눈부신 땅이라고 하였소. 그 아름다운 나라에 발을 딛고도 나는 이곳에서 긴 날을 머무를 생각은 하지 않았다오. 이녁과 맺어지지 아니하였다면 나는 이미 오래 전에 이 땅을 떠났을 것이오. 내게는 황금보다는 오히려 푸른빛의 보석처럼 여겨지는 이 땅, 이녁 덕분이라오. 이녁은 서늘한 푸른빛 보석 같은 여인이었소. 이 새벽의 하늘빛처럼.

잠시 꿈을 꾸었던 것 같소. 이녁과 이 땅에 머무른 채 자손을 낳고, 이녁의 고운 얼굴에 잔주름이 일렁이고, 칠흑 같은 머리에 백설이 내리는 것을 보는 꿈.

그 길이 내 핏줄을 말라붙게 하고, 숨구멍을 막는 일이라는 것을 번연히 알면서도 나는 그 꿈에 사로잡혀 있었소. 이녁을 떠난 내 삶을 생각조차 할 수 없었기에 나는 그토록이나 이녁에게서 풀려나려고 하였던 것이라오.

이녁의 곁에 더 머무르기 위하여 이녁에게서 풀려나야만 하는 어긋남, 그것이 나라는 인간의 서글픔이오. 이녁을 안고 그 끝 간 데 없는 환락의 극치

속에서도 나는 후드득, 눈물을 떨구곤 하였소. 이녁이야 그것을 땀방울로 알았겠지. 왜 나는 이런 넋을 지녔는가, 이토록 고운 여인과 죽을 때까지 의지하며 한 무덤에 묻힐 수는 없는가, 그런 회한에 눈물이 쏟아지곤 하였다오.

그러나 이제 세상이 나를 패대기치고, 이녁마저 나를 내치니, 비로소 나는 정신이 든 듯 내 속을 들여다본다오. 이 길만이 길인지는 모르겠소. 그러나 이제 떠날 때가 되었다는 것만은 잘 안다오. 더 이상 머무른다면 나는 살아있을 수 없을 것이오. 생각하면 이녁이 이렇듯 그 마음에 서늘한 주렴을 내리고 나를 피해주는 것이 어쩌면 다행인지도 모르겠소. 그러지 않았다면 내가 어찌 이녁 곁을 떠날 수 있었겠소? 이녁 또한 식은 정으로 이 이별을 조금이라도 덜 힘들어 할 터이니.

꿈이었다면 참으로 황홀한 꿈이었소. 언제고 다시 꾸고 싶은 꿈. 나는 잊지 못할 것이오. 이녁과 함께 보낸 모든 찰나까지도.

이제 남은 내 삶은 스산한 바람처럼 정처 없이 떠다니는 것뿐이겠지. 개운포 앞바다의 작은 돛단배를 타고 나는 또 어디로 실려 갈는지. 어디에 가서, 어떤 모습으로 사는, 어떤 여인을 품에 안든, 이녁은 내 마음 가장 깊은 곳의 푸른 못으로 푸른 보석처럼 빛날 것이오.

말이 우는구료. 이제 떠나야겠소.

6

말이 우는가요? 서방님을 싣고 갈 말이?

푸르르, 몸을 떨며 뒷발질 하는 소리도 들리는군요. 그 소리에 놀란 듯 소첩의 몸속, 작은 생명도 발길질을 해댑니다.

창호지 바깥으로 아침 안개가 흐르는 것이 느껴지옵니다. 안개 속에 들리는 희미한 말울음 소리와 말방울 소리.

서방님이 언젠가 얘기했듯 먼 훗날 이 땅에는 서방님 넋의 조각들을 품고 있는 바람의 자손들이 퍼져나갈 것이옵니다. 다음 생 어느 구석에선 우리 두 사람도 두 줄기 바람으로 다시 만날 수 있을는지요.

잘 가시옵소서.

소첩은 이만 눈을 붙이고 못다 꾼 꿈을 마저 꾸겠사옵니다.

보름달

바다와 배를 좋아하던 나는
실제로 컨테이너선을 타고 항해를 할 기회를 얻었다.
그러나 그 배는 사고를 당하여 나는 중도에서 돌아와야 했다.
이 글은 물론 온전한 허구의 글이지만
그런 연유로 그때의 사실적 경험들이 상당히 섞여 들이갈 수밖에 없었다.

가득 찬 것이 가야할 길은 이지러지는 것 뿐.
만월의 그 바다는 어디나 항구였다.

열애

그녀는 그가 태운 마지막 승객 중의 하나였다. 그는 여객선이 아니라 화물을 운송하는 컨테이너선이었기에 승객을 태우는 일은 거의 없었다. 한 번에 20여 명씩 태우는 선원들을 제외한다면 어쩌다 태우는 선장이나 기관장의 부인들이 승객의 전부였다. 그가 평생 태운 승객이래야 몇 십 명도 되지 않았을 것이다.

그가 태운 마지막 승객인 그들은 '예술인 해양 체험단'이라는 특수한 목적의 승객이었다. 사진작가 K, 작곡가 H, 그리고 작가 P와 화가인 그녀 L이 그 구성원이었다. 그는 그들을 태운 채 화염에 휩싸였고, 그들은 그를 버리고 탈출했다. 그는 바다 위에서 열이틀 동안 불길에 타올랐다.

그들이 사고를 당한 곳은 아덴만 부근이었다. 수에즈 운하를 통과하기 직전이었다. 전쟁 다발 지역이라 근처에 여러 나라 군함들이 있어서 그들은 구조될 수 있었다. 그들을 구해준 것은 네덜란드 군함이었다. 네덜란드 군함

갑판에 선 채 그들은 불타는 그를 바라보았다. 어디선가 돌고래들이 나타나 바다 위로 솟구쳤다. 항해 내내 아무리 기다려도 나타나지 않던 돌고래들이었다. 오천오백 개나 되는 컨테이너 박스가 실린 거대한 선박이 붉은 화염과 잿빛 연기에 감싸여 다비식을 치르고 있었다. 그는 불길 속에서도 의연했다. 그 앞에서 뛰노는 돌고래들의 모습은 부모의 죽음을 알지 못하는 젖먹이의 웃음처럼 처연했다.

그녀는 눈물조차 흘리지 못한 채 떠나온 그를 바라보았다. 기실 그가 불타지 않았다면 그녀는 열흘 뒤 예정된 항해를 마치고, 그에게 작별 인사를 던진 후 그를 잊었으리라. 뭍의 여자인 그녀가 그의 품 안에서 살 수는 없었다. 그는 잠시 만나 사랑을 나누고 헤어질 사이였을 뿐이었다. 그러나 그는 화형을 당했고, 그녀는 불타는 그를 두 눈으로 지켜봐야만 했다. 죽을 때까지 그가 제 안에 살아있으리라는 것을 그때 그녀는 알았다. 세상에는 그런 연애도 있는 법이다. 강제로 끊어져 불멸을 얻게 되는 연애.

그러나 몇 년 뒤, 그가 타다 남은 고철덩어리가 되어 지중해 어느 나라인가로 팔려갔다는 뒷이야기를 들었을 때, 그녀는 말간 눈으로 고개만 끄떡였다. 오래 전 헤어진 남자의 얘기를 듣듯 무심히.

그의 품에 안겨 잠든 첫 밤, 그녀를 뺀 나머지 일행은 모두 악몽을 꾸었다. 하나같이 배가 난파되는 꿈이었다. 그들은 예지력이 발달한 예술가들이었다. 과정은 각기 달랐지만 배가 가라앉아 물에 빠지고, 다시 살아난다는 줄거리는 같았다. 뭍의 동물인 인간이 발 디딜 땅이 없는 물위로 나설 때 본능적으로 갖는 두려움이 그런 꿈을 만들었을 거라고 그녀는 생각했다. 하지만 실제로 사고가 나고 전원이 구출되자 그 꿈들은 예지몽으로서의 권위를 되찾았다.

그녀만이 악몽을 꾸지 않았다. 악몽은커녕 첫 밤부터 그녀는 꿈도 없는 단잠을 잤다. 뭍에서는 꿈 없이 자는 날이 없는 그녀였다. 그녀를 묶고 있던 뭍의 끈들이 그의 품에 안기자마자 단번에 녹아내렸다. 기어코 만나야 할 사람을 만난 것처럼 그녀는 긴 숨을 내쉬었다. 악몽은 깃들 틈이 없었다. 직감이나 예지력 따위도 배 밑바닥에 붙어 있는 빨판상어에게나 던져주었다.

심연의 잠, 나직하게 들리는 엔진 소리는 그의 심장소리였다. 어떠한 정교한 배도 가지지 않을 수 없는 미세한 진동도 요람의 흔들림일 뿐. 그녀는 잠의 바닷속, 가장 밑바닥까지 다다랐다. 이전에도 이후에도 그런 잠은 없었다. 그의 품에 안겨 잠든 열하루의 밤이 한결같았다. 단 한 번도 꿈을 꾸지 않았다. 자다가 눈을 뜨는 일조차 없었다.

집으로 돌아와서도 그녀는 잠을 잤다. 해일처럼 잠이 덮쳤다. 사고의 충격에서 회복될 시간이 필요하다는 생각에 식구들은 그녀를 방해하지 않았다. 그녀는 자고, 자고, 또 잤지만 뭍의 잠은 불안한 잠이었다. 흔들리지 않는 땅 위에서 그녀는 멀미를 했다. 땅이 흔들리지 않으니 잠이 흔들려 꿈을 만들었다. 그녀는 다시금 꿈에 시달렸다. 악몽이 이어졌다. 혼자 탄 빈 배에 헛것들이 나타나거나 바닥을 모르는 검고 깊은 바다에 빨려들어 가거나 상어들의 날카로운 이빨에 갈기갈기 찢기는 꿈들이 번갈아 잠에 스몄다.

한 번씩 자다 깨면 식구들이 빠져나간 조용한 집이 어둠 속에서 희끄무레하게 그녀를 내려다보고 있었다. 그녀가 종일 잘 수 있도록 식구들이 두꺼운

커튼을 쳐놓은 탓이었다. 대낮에 깨어도 주위는 어두웠다.

닷새 뒤, 그녀는 자리에서 일어났다. 기운을 차려서가 아니었다. 그가 그리워 더 이상 누워있을 수가 없었다. 그를 못 만난다면 그의 형제라도, 그의 친구라도, 그와 같은 종족 누구라도 만나고 싶어 견딜 수가 없었다. 그녀는 인터넷을 뒤졌다. 사고 난 배에서 간신히 구출된 사람으로서 할 짓은 아니었지만 자신이 아직도 그의 품에서 빠져나오지 못했다는 것만은 알 수 있었다. 몸만 내린 것이었다. 다시 배를 타야 한다는 사실 말고는 다른 어떤 생각도 들지 않았다. 아무리 작은 배라도 반드시 타고 나갔다 돌아와야만 했다. 그 때까지 그녀는 하선한 것이 아니었다.

그녀는 자신이 지불할 수 있는 돈으로 가장 오래 탈 수 있는 배를 찾았다. 있었다. 부산에서 오사카로 가는 페리는 비행기로 한 시간 반이면 가는 일본을 열일곱 시간에 걸쳐 항해했다. 비수기인 4월이라 게스트하우스 숙박까지 도합 5박6일의 일정이 성수기 뱃삯도 안 되는 가격으로 나와 있었다. 열일곱 시간씩 오가면 서른 네 시간 동안 배를 탈 수 있다는 생각에 그녀는 그 자리에서 예약을 해버렸다.

저녁에 집에 돌아온 남편은 어이없어 하며 말했다.

몸도 아직 안 나았는데.

더 이상의 말은 하지 않았다.

그의 품 안에 있을 동안 그녀는 낮이면 갑판에 앉아 바다를 내려다보았다. 갑판이라고 해도 워낙 큰 배라 바다는 저 밑으로 아득하게 보였다. 심청(深青)의 물빛 아래로 검은 실루엣들이 언뜻언뜻 보였다. 너울거리며 지나가는 커다란 물고기들이었다.

그러나 그녀의 마음을 가장 사로잡은 것은 물 위로 날아다니는 날개 달린 물고기, 날치들이었다. 투명한 날개를 지니고 새처럼 오래 날아가는 물고기들, 그 기이하고 신비로운 물고기들을 보는 일은 결코 질리지 않았다. 큰 고기가 아니어서 멀리서 바라보는 날치들은 작은 새나 거대한 잠자리처럼 보였다. 그들이 솟아나는 곳부터 떨어지는 곳까지의 포물선만 시야에 남기도 했다. 그들을 오래도록 바라보다 그녀는 문득, 저 남녘 바닷가에 방 한 칸 마련해 혼자 살고 싶다는 자신의 갈망도 이기적인 건 아니지 않을까 하는 생각에 잠기기도 했다. 세상에는 날치 같은 물고기도 있으니까, 물고기인데도 기이한 지느러미를 가져서 저렇게 물 밖으로 튀어 오르며 살기도 하니까, 사람의 수는 70억이나 되는데 비정상적인 숨통을 지니고 사는 사람들이 끼어있다는 건 얼마든지 있을 수 있는 일이니까, 그런 지느러미를 가졌다면, 그런 숨통을 지녔다면 어쩔 수 없이 저렇게 살 수밖에 없으니까.

사실 날치가 저렇게 튀어 오르지 못했다면 벌써 다른 물고기의 배 속으로 모조리 들어가 씨가 마르지 않았을까? 그렇다면 저것은 사치가 아니라 생존의 욕망이 아닌가? 내 욕망도 그렇지 않은가? 그녀는 반박하는 누군가에게 우기기라도 하듯 그렇게 혼자 중얼거리기도 했다.

언제나 몸이 먼저 알았다. 마음과 뇌가 아무리 온 힘을 다해 설득하고, 눌러대도 그것은 잠시였다. 몸은 곧 그 거짓을 온몸으로 드러냈다. 그녀는 자주 앓았고, 마침내 쓰러졌다. 정전이 되듯 생명이 꺼지는 순간을 겪었던 날, 그녀는 자신의 목숨이 물병이 쓰러지듯 맥없이 끝날 수 있다는 사실에 흠칫 놀랐다. 그 무렵 그녀를 사로잡은 곳이 남녘의 어느 항구였다. 그때까지 한 번도 가보지 못했던 그곳이 밤마다 그녀를 불렀다. 어느 밤, 집 앞 슈퍼에 우유를 사러 나갔던 그녀는 지갑 하나 달랑 든 채 급한 전보를 받은 사람처럼 그곳으로 달려갔다. 돌아보아도 자신의 행동으로 여겨지지 않는 충동적인 일이었다.

저녁이면 그녀는 브리지로 올라가 바닷속으로 해가 잠기는 모습을 지켜보았다. 둥글게 보이는 수평선으로 해가 넘어갔다. 지구는 온몸에 출렁거리는 물을 달고 있는 물의 행성이었다.

아무런 가림막 없이 통으로 트인 바다와 하늘은 비가 내리는 하늘과 해가 빛나는 하늘을 한눈에 볼 수 있게 해주었다. 밤하늘도 그런 장관을 품고 있었다. 한쪽 하늘은 별들이 가득한데 저 멀리에서는 번개가 번쩍거리며 내리꽂히고 있는 광경. 하늘조차 하나의 하늘은 아니었다. 아니, 하나의 하늘이 수많은 하늘을 품고 있었다.

말라카 해협에 만월이 떠오르던 밤, 그 밤이 품은 풍경은 또 다른 하늘이었다. 구름에 덮인 수평선을 시나 드러난 달은 아름다우면서도 괴이했다. 검은 바다 위의 검은 하늘은 검은 장막을 친 무대였다. 그 무대를 가득 채우던 담뱃불 빛깔의 둥근 달. 태초에 부글거리는 죽음의 바다에서 생명의 알이 탄생하는 순간이 저러했을까, 그 달은 그녀가 알던 달이 아니었다. 그것은 괴력을 지닌 어떤 존재였다. 죽은 자를 일으켜 세우고, 잠든 피를 들끓게 하는 어떤 존재, 가득 차올라 이제는 이지러지는 길밖에 남지 않은 만월의 마지막 절정.

그들 일행은 브리지에 주저앉은 채 압도된 듯 그 달을 우러러보았다. 그러다 누가 먼저인지 자연스레 바닥에 드러눕기 시작했다. 그 달은 그렇게 누워서 경배해야만 할 존재였다. 밤바다를 항해하는 배 위에 누운 채 그들은 밤하늘을 항해하는 달을 올려다보았다. H가 말없이 자신이 듣던 mp3를 그녀에게 건넸다. 데이빗 보위가 부르는 '네이처 보이(Nature boy)'가 흐르고 있었다. 몽환적인 그 가수의 열정적인 목소리는 바다로 퍼져나가 달을 휘돌아 다시 그녀의 몸을 감쌌다. 한 소년이 있었네 마법에 걸린 듯 이상한 소년이었지 그 소년은 멀리 멀리 대륙과 대양 위를 떠돌아 다녔다네….

그녀가 옆에 누운 P에게 mp3를 건넸다. 그러자 K가 그녀에게 망원경을 내밀었다. 무심코 망원경을 눈에 대자 희고 커다란 달이 와락 덮쳐왔다. 어느새 달은 괴이하던 신비로움에서 벗어나 맑게 빛나고 있었다. 잉태라도 될 것 같은 달빛이었다.

검은 물고기 떼 같은 밤바다 위를 그들도 흘러갔다. 수심 3천 미터, 깊고 깊은 인도양의 밤, 해적이 따라붙지 못하게 배의 속도를 높인 탓에 바람은 참혹하리만치 거세고, 물결은 끝없이 일렁거렸다. 다음 날이면 닥칠 재앙과 이별에 대한 짐작은 한 점도 없었으면서도 그녀는 그 밤이야말로 그와 함께 누리는 가장 황홀한 밤이 되리라 확신했다. 간절하게 그리고 싶었다, 그 순간을. 달빛과 밤바다의 한 올까지도 붙잡아두고 싶었다, 그 순간이 사라지지 않도록. 그녀는 눈을 감았다. 자신의 붓은 그럴 힘이 없다는 것을 알고 있었으므로.

바람은 더욱 가혹하게 불었다.

배를 탄다는 생각만으로도 그녀는 기운을 회복했다. 일어나 생기 있게 생활을 꾸리고, 여행 준비를 했고, 기어이 다시 배 위에 올랐다. 대양이 아닌, 현해탄의 좁은 바다를 건너가는 것이었지만 열일곱 시간 내내 그녀는 갑판 위를 들락거리며 회색의 흐린 하늘과 흐린 하늘이 담긴 잿빛 바다를 응시했다. 오사카에 내려서 보낸 나흘은 거대한 수족관인 '카이유칸'에서 꼬리가 잘린 듯 뭉툭한 개복치와 악몽 속에서 그녀를 위협하던 상어들을 들여다보면서 보냈다. 뚜껑이 덮인 그 바닷속에 날치는 없었다.

돌아올 때는 비바람이 불었다. 다시 열일곱 시간을 타고 오는 귀국선에서 그녀는 아무도 없는 뒤 갑판으로 가 소주 한 잔을 바다 위에 부었다. 그에게 보내는 마하주(馬下酒)였다. 타고 갈 말 아래서 나누는 작별의 술 마하주, 그녀는 이를테면 예의 바른 여자였다. 연애를 끝낼 때면 반드시 작별 인사를 해야 하는 여자. 마지막 인사를 하지 못했다면 그 연애는 그녀한테 끝나지 않은 것이었다. 마침표를 찍지 않으면 끝나지 않는 문장처럼.

그를 앞에 두지 않은 마하주는 진정한 작별 인사일 수는 없었지만 잠시의 이별은 할 수 있었다. 하선, 배에서 내리는 일만은 가능해졌다. 간절히 배를 타고자 했던 그녀의 갈망은 허욕이 아니었다. 그것은 절실한 몸의 욕망이었다. 그 항해에서 돌아온 다음에야 그녀는 비로소 뭍에 발을 디딜 수 있었다.

폭발 자체보다도 폭발이 있기 직전, 선실의 지극히 평화롭던 풍경이 그녀에게는 자주 떠올랐다. 일상의 평온을 만날 때면 더욱 그랬다. 모든 사물이 지극히 평온했던 그 풍경. 선창으로 보이는 대양의 바다도 다림질한 천처럼 일렁거림 하나 없이 코발트블루로 눈부셨던 그 날.

전날 그들은 인도양을 벗어났다. 곧 수에즈 운하를 통과해 지중해도 갈 것이었다. 혼자 선실에 앉아 「모비 딕」을 읽고 있던 그녀는 비현실적인 그 평화가 불현듯 낯설게 느껴져 고개를 들어 주위를 둘러보았다. 정물화처럼 고즈넉한 풍경이 거기 있었다. 웅웅거리는 엔진소리조차 꿀벌의 잉잉거림처럼 평화로웠다. 졸음이 밀려왔다. 햇살은 선실로 쏟아져 한여름 대낮에 산사를 찾아든 듯 적막감마저 감돌았다. 바다 위를 시속 24노트라는 빠른 속도로 달리고 있다는 실감은 어디에서도 느낄 수 없었다.

버튼을 눌러야 열리는 책상 서랍이나 체인이 달려 책상에 묶여있는 의자가 새삼 기묘하게 느껴졌다. 처음엔 낯설었지만 그 사이 길이 들어 이제는 당연하게 여겨진 모습들이었는데 고요한 그 풍경 속에서 그것들은 다시 이물감을 불러일으켰다. 체인 따윈 달지 않은 채 냉장고 위에 놓인 쟁반과 그 위에 놓인 유리잔들이 정상으로 느껴졌다. 배는 흔들림 없이 잔잔한 바다 위를 가고 있었다. 저 유리잔들이 깨질 흔들림이란 없을 거라고 그녀는 생각했다.

바로 그 순간, 누군가 그녀의 생각을 엿듣고 어깃장이라도 놓듯 어디선가 '쾅'하는 폭발음이 들리면서 눈앞에서 유리잔들이 떨어져 박살이 났다. 눈으로 보면서도 실감이 나지 않았다. 비명조차 내뱉을 수 없었다. 그녀의 눈길이 「모비 딕」에만 꽂혀 있었더라도 그녀는 정상적으로 놀랐을 것이다. 그런데 유리잔들을 바라보며 그것들의 평화로움에 감탄하고 있던 바로 그 순간에 그것들이 눈앞에서 부서져 버린 것이다!

이 장면은 그 뒤로도 그녀의 뇌리에서 몇 번이고 되감기 되었다. 무엇인가가 평화롭다고 느낄 때면 기시감이 들면서 그 장면이 겹쳐졌다. 박살난 것은 유리잔만이 아니었다. 방안에 있는 모든 것이 떨어지며 부서졌다. 선실 사이에 세워진 벽도 무너져 옆방의 귀퉁이가 보였다. 바닥은 순식간에 유리 조각과 사기 조각, 흙먼지로 뒤덮였다. 어떤 평화도, 어떤 고요도 한순간에 부서지지 않는 것이라곤 없다는 것을 증명이라도 하듯.

누군가 "해적이다!"라고 외치며 달려가는 소리가 들렸다. 해적의 습격에 대비하느라 교대로 보초를 세우며 인도양을 벗어난 직후였다. 아까의 굉음 은 박격포 소리처럼 들렸다. 해적이라니, 죽어도 곱게는 못 죽겠구나, 하는 생각이 스쳤다. 이상하게도 두렵지는 않았다. 그녀는 양말을 찾아 신었다. 선실 문밖에 벗어놓은 운동화를 신으러 가려면 박살난 유리조각들 위를 지 나가야 했다. 맨발로 갈 수는 없었다. 그녀는 조심스레 발을 디뎌 나가다 선 창 앞에 멈추었다. 바다는 여전히 눈부시고, 평화로웠다. 죽는다는 실감이 들었다. 그 실감은 그때의 바다처럼 잔잔했지만 그동안 살아오며 겪었던 어 떤 죽음의 실감보다도 짙었다. 내 삶은 여기서 끝나는구나, 정말로 죽는구 나, 하는 생각이 고요히 들었다. 살 길은 없어 보였다. 중학생인 두 아들이 눈 에 어른거렸다. 그만큼이라도 커준 아이들이 고맙기 그지없었다. 그 애들은 아버지와 함께 충분히 살아갈 수 있을 것이다. 마음이 놓였다. 이 지상에서 더 이상 그녀를 붙드는 건 없었다.

문득 저 바다에 빠질 수도 있겠다는 생각이 들었다. 어떤 상황이든 발생 할 수 있었다. 자신이 생리중이라는 사실도 따라 떠올랐다. 자신의 피가 상 어 떼를 불러올 수도 있었다. 그 상상은 너무도 선연해서 몸이 떨렸다. 자신 만이 아니라 다른 사람들에게까지 화가 미칠 일이었다. 어쩔 수 없지, 금방 끝날 테니까, 그녀는 곧 체념했다.

H가 달려왔다. "괜찮아요? 다친 덴 없어요?"

그녀는 그를 보며 고개를 끄떡였다. 그는 젖은 수건을 내밀며 말했다.

"이걸로 입을 막아요. 컨테이너가 폭발한 모양이에요. 얼른 갑판으로 모이랍니다."

불행 중 다행이었다. 해적의 습격은 아니었다.

예술단 일행이 머무르던 곳은 거주구역인 E 데크의 7층이었다. 갑판으로 가기 위해 계단을 내려가며 옆을 보니 선실 안은 온통 아수라장이었다. 기둥이나 벽이 무너진 사이로 붉은 불길들이 날름거렸다. 그 모든 일이 현실에서 일어나는 일 같지 않았다. 그녀가 절박하지 않은 이유는 그것이었나 보았다. 그녀는 그의 품 안에서 내내 몽롱했기에 그 순간의 재난조차도 실감하지 못했다.

갑판으로 나서니 막 헬리콥터가 와서 팔에 피를 흘리며 쓰러져 있는 2항사 청년을 실어가고 있었다. 회식 자리에서, 자기는 배 타는 게 싫다고, 어쩔 수 없이 타는 거라고 말했던, 얼굴이 해사한 청년이었다. 폭발할 때 무너지는 벽에 눌려 뼈가 부러진 모양이었다. 생명에는 지장이 없다고 했다. 그를 뺀 나머지 사람들은 찰과상을 입은 사람들이 몇 있을 뿐이었다.

갑판은 부서진 잔해들로 전쟁터 같았다. 배의 뒤쪽에서는 거대한 화염이 치솟고 있었다. 선장은 구조를 요청했으니 곧 배가 올 거라고 구명조끼를 입고 지시에 따르라고 말했다. 폭발은 뒤쪽 갑판에 쌓여있는 컨테이너에서 일어났다고 했다. 유독한 물체가 탈 때처럼 검은 연기가 몽글몽글하게 뭉쳐진 채 눈부시게 밝은 대양의 하늘 위로 올라가고 있었다.

사진작가인 K는 종군기자처럼 불타는 그를 연신 찍고 있었다. 괴로워하는 그의 모습을 바로 그의 몸 위에서 찍어대는 것이었다. 앞 갑판 쪽으로는 불길이 번지지 않았다. 그의 몸은 워낙 거대했기에 몸뚱이의 반이 불타오르는데도 나머지 반쪽에서 안전하게 있을 수 있었다.

군함에서 보낸 보트가 배로 다가오자 그들이 옮겨 타는 걸 돕기 위해 선원 한 사람이 먼저 내려갔다. 그 다음엔 여자들의 차례였다. 배에서 탈출 순위는 아이와 여성이 첫 번째였다. 이 배에서 여성이라고는 그녀와 P뿐이었다. 쇠사다리가 망가진 탓에 까마득하게 내려다보이는 보트에 옮겨 타기 위해서는 건들거리며 매달려있는 밧줄 사다리를 붙들고 20미터나 되는 높이를 내려가야 했다. 내려다보는 것만으로도 다리가 후들거렸지만 피할 수 없는 일이었다. 그녀보다 체구가 작은 P가 가장 약한 여성으로 여겨져 최우선으로 내려가는 '특혜'를 입었다.

"겁내지 말고 한 발씩 내려와요!"

먼저 보트에 탄 선원이 배를 올려다보며 소리쳤다.

구명조끼 하나 입고, 흔들리는 밧줄 사다리를 밟으며, 저 시퍼런 바다를 향해 내려가야 하다니, 그녀는 온몸이 얼어붙었다. 하지만 자신이 꾸물대면 남은 사람들의 구조도 그만큼 늦어진다는 생각이 그녀를 압박했다.

P가 내려가기 시작했다. 등에 배낭을 맨 작고 가녀린 P를 보고 있자니 심장이 졸아들었다. 바람에 밧줄이 한번 빙그르 돌았을 때는 간신히 비명을 삼켰다. P는 무사히 보트로 내려갔다.

다음은 그녀의 순서였다. 훗날 그녀는, 만약 그 배에서 구조되는 사람이 자기 혼자였다면 자신은 절대로 발을 내디디지 못했을 거라고 생각했다. 사람들이 자기 뒤에서 기다리고 있었기 때문에 그들에게 방해가 될 수 없다는 생각뿐이었다. 소심한 그녀에게는 자신의 두려움보다도 자신 때문에 다른 사람의 목숨이 위태로워지는 상황이 더 끔찍했던 것이다. 그 상황에서 살아야겠다는 의지 같은 건 아예 없었다. 이미 선창 앞에서 죽음을 실감한 때문인지도 몰랐다. 그녀는 속으로 몇 번이고 다짐을 두었다. 아무 생각말자. 그냥 한 발을 딛고, 다시 다음 칸을 딛기만 하자. 그것은 그때까지 그녀가 인생을 살아온 방식이었다. 파도가 거세게 몰아치는 인생항로에서 그녀는 눈앞에 달려오는 파도만 넘는다는 생각으로 살아왔다. 뒤에 오는 파도까지 셈에 넣을 여력이 없었다. 밧줄을 잡는데 팔이 저절로 떨렸다. 자신의 팔을 믿을 수가 없었다. 어떻게든 저 시퍼런 바닷물 쪽으로 시선이 닿지 않게 정면만을 바라보아야 했다. 한 발, 한 발, 한 칸, 다음 칸. 마침내 보트에 발이 닿고, 사람들이 그녀를 붙잡자 그녀는 그대로 주저앉고 말았다.

보트가 출발했다. 배를 그렇게 좋아하면서도 그녀는 바닷물에 바짝 붙어 속도를 내어 달리는 보트는 겁이 나 타지 못하던 사람이었다. 군함까지 가는 내내 그녀는 이 바다의 깊이가 수 천 미터라는 사실을 잊으려고 애썼다. 겨우 군함 앞에 도착했다 싶었는데 이번에도 사다리가 내려오는 것을 보고 그녀는 아연실색했다. 이번 사다리는 밧줄이 아닌 단단한 쇠사다리인데다 배의 높이도 절반 밖에 되지 않기는 했다. P가 먼저 올라가고, 다시 그녀의 차례가 되었다. 그녀는 용기를 끌어내 사다리를 잡으려고 했지만 팔에 힘이 쥐어지지 않았다. 등산을 오래 하고 산을 내려올 때 탈진한 다리가 뇌의 명령을 받지 않을 때처럼 팔이, 손이, 자신의 것이 아니었다. 밧줄 사다리를 타고 내려올 때 어찌나 긴장을 했던지 근육이 다 풀려버린 탓이었다. 어떻게 해도 사다리를 쥘 수가 없자 그녀는 뒤에 물러서 다른 사람들이 먼저 올라가도록 했다. 선원들이 그녀의 팔을 주물러 주었지만 팔은 말을 듣지 않았다. 배 위에서도 이런 사태에 대해 논의를 하는 것처럼 보였다. 그러더니 곧 기중기 같은 기계가 내려와 배를 통째로 들어 올리는 것이었다. 덕택에 그녀와 나머지 사람들은 사다리를 타지 않고 편안히 배 위로 올려졌다. 가장 약해서 가장 우선적인 '특혜'를 받았던 P는 오히려 그 항해에서 가장 고생한 사람이 되고 말았다.

돌아와 몇 달 뒤 그녀는 어렵게 개인전을 열었다. 다른 사람과 어울려서는 몇 번 전시회를 열었지만 혼자 여는 전시회는 그것이 처음이었다. 전시회의 제목은「밤의 항해」였다. 5년이나 준비한 전시회였다.

「밤의 항해」라는 제목은 따지고 보면 그녀의 절망을 나타내는 제목이었다. 말라카 해협의 만월을 그려내고 싶었지만 그날 밤 달빛의 한 조각도 그녀는 화폭으로 옮길 수 없었다. 몇 번이나 시도했지만 결국 붓을 내려놓고야 말았다. 추상화가인 그녀가 자신의 기조를 포기한 채 구상화를 그려도 보았지만 불가능했다. 결국 그림은 포기한 재, 전시회의 제목만을 그렇게 짓었던 것이다. 그와의 가장 황홀한 기억, 갑작스런 재앙으로 불멸의 사랑이 되어버린 그를 그렇게라도 기억하고 싶었다.

전시회의 마지막 날, 뒤풀이를 하고 술에 취해 들어온 날, 그녀는 욕조에서 샤워를 하고 나오다가 욕조 턱에 발이 걸려 순식간에 앞으로 고꾸라지고 말았다. 타일 위로 붉은 피와 살점이 튀어 올랐다. 모든 평화는 언제나 이렇게 불온하고 음흉한 반항을 품고 있다. 기시감이 몰려왔다. 눈앞에서 벽이 무너지고, 유리조각이 부서져 나가던 순간.

일곱 바늘을 꿰매고 턱에 붕대를 싸맨 자신의 모습을 거울로 보며 그녀는 생각했다. 어퍼컷을 먹은 권투 선수 같구나. 삶이란 것은 주로 뒤통수를 치지만 이렇게 어퍼컷을 먹이기도 하는구나. 삶이란 것은 백기를 빨리 던지지 않는 자에게 계속 어퍼컷을 먹이는 것인지도 몰랐다. 어쩌면 버티지 말았어야 했을까, 일찍이 백기를 들고 항복했다면 이런 일조차 없었을까.

그것은 시작에 불과했다. 그 뒤로도 온갖 풍파가 몰아닥쳤다. 그 와중에 그녀는 오랜 숙원이던 남쪽 항구 도시에 집을 얻었고, 역시 오랜 숙원이던 이혼도 했다. 태풍은 바다를 통째로 뒤엎어 물갈이를 하기도 한다. 풍파가 반드시 나쁜 것만은 아니었다.

그녀의 집은 항구를 내려다보고 있다. 베란다에서 항구를 내려다보노라면 배를 타고 있다는 착각이 들곤 했다. 아파트 8층의 높이는 커다란 배의 선실 높이나 비슷했다. 배에서 내려다보이는 곳이라면 바다 아니면 항구밖에 없을 터이니.

그 배 안에서 그녀가 가장 해내고 싶은 일은 그를 그려내는 일이었다. 말라카 해협의 만월은 포기했을지라도 사라진 그의 모습만은 조금이라도 복원해내고 싶었다. 그냥 배가 아닌 살아있는 그를, 불타는 그의 몸이 아닌, 다정하게 그녀를 품어준 그를.

얼마 전 그에 대한 소식을 그녀는 새로이 들었다. 고철 덩어리로 팔려간 줄 알았던 그는 누더기가 된 몸으로 터키의 작은 섬들 사이를 오가는 일을 하고 있다고 했다. 시골 우체부처럼? 그녀가 되묻자 말을 전해준 사람은 웃으면서, 그래, 시골 우체부처럼, 하고 되받았다. 작은 섬들을 오가는 일은 소박하고, 시골 우체부는 존경스럽다. 이번에도 그녀는, 그가 고철로 팔려갔다는 말을 들었을 때처럼 말간 눈으로 고개만 끄떡였다.

그런데 어느 오후, 낮잠에서 덜 깬 모호한 몽롱함 속에서 그의 지금 모습이 떠올랐다. 영락하고 노쇠한 그가 초라한 몰골로 작은 섬 사이를 왕래하고 있었다. 결단코 그와는 어울리지 않는 모습이었다. 차라리 고철이 되어 팔려가는 것이 그의 최후로는 더 어울렸다. 그러자 그때까지 사무치는 그리움 속에서도 한 방울도 나오지 않던 눈물이 왈칵 쏟아져 나왔다. 한 존재의 최후는 그의 전 생애와 어울려야만 했다. 그렇지 않다면 그것은 그를 사랑했던 사람에게는 견딜 수 없는 고통이 될 수밖에 없었다.

그때 그녀는 등 뒤로 와 닿는 그의 슬픈 눈빛을 느꼈다. 그녀는 그의 눈을 본 적이 없고, 눈빛을 느끼는 그 순간에도 그의 눈은 그려지지 않았지만 그녀를 슬프게 내려다보는 그의 눈빛만은 느낄 수 있었다. 그도 자신의 마지막 모습이 슬픈 거구나, 그녀는 그렇게 받아들였다. 그는 이 세상에서 저런 모습으로 사라지고 싶지 않았으리라. 그것은 장엄하고 웅장했던 그의 최후로는 정녕 어울리지 않았다.

E 데크의 계단에는 오래된 그림들이 걸려 있었다. 옛 범선을 그린 그림들이었다. 밥 먹으러 갈 때마다 그 옆을 지나면서도 그녀는, 배니까 배 그림을 걸어놨구나, 하는 정도로 무심히 지나치곤 했다. 그러던 어느 날, 그녀는 무엇엔가 끌린 듯, 한 그림 앞에 멈춰 서서 거기에 씌어있는 깨알처럼 작은 글자들을 읽어 보았다. 그 글에는 그 배의 생몰 연대가 적혀 있고, 어떻게 배의

삶이 끝났는지에 대한 설명이 붙어 있었다. 그 설명을 읽는데 온몸에 소름이 돋았다. 공포감이 아니라 한 존재의 삶에 대한 경외감 때문이었다. 그때부터 그녀는 걸려있는 모든 그림의 설명을 읽기 시작했다. 범선들의 모습은 매혹적이었고, 그들의 이름은 화려했고, 그들의 삶은 하나같이 유장했다. 배들의 죽음은 바다 위에서 이루어졌다. 불이 나거나 암초에 부딪히거나 태풍에 부서져 그들은 삶을 마쳤다. 이 작은 나라의 화물선 계단 위에 복사화로 걸릴 만큼 위대했던 배들의 죽음은 그러했다.

그 기억을 떠올리자 그녀는 자신도 모르게, 아, 하고 신음을 뱉는다. 그가 자신에게 무엇을 바라고 있는지 비로소 깨달은 것이다. 그녀가 그려야 할 것이 무엇인지를 그녀는 알아차린다. 그녀는 그의 최후를 그려야 한다. 그가 원하는 그의 최후, 적어도 시골우체부로서 조용히 낡아 부서지는 최후는 그가 원하는 것이 아니다. 그녀는 고개를 끄덕인다. 그는 자신에게 어울리는 최후를 그려줄 것을 그녀에게 요구하는 것이다. 보다 신비롭고, 보다 유현하고, 보다 비장한 최후. 그것이 어떤 모습일지 지금의 그녀로선 알 수 없다. 어쩌면 그 자신도 모를 것이다. 그런 그의 최후의 모습을 그녀가 찾아내 완성할 수 있을까? 혼자의 힘만으론 불가능할 것이다. 하지만 그가 도와준다면, 이렇게 멀리 떨어져 있어도 서로의 마음이 닿을 수 있다면 어쩌면 가능한 일일지도 몰라, 그녀는 그렇게 생각한다.

그녀는 그에게 마음의 빚이 있다. 작별 인사도 못한 채 사랑하는 존재를 떠난 일은 '이를테면 예의 바른 여자'인 그녀에게 어울리지 않는다. 아니, 결코 있을 수 없는 일이다. 그때는 그가 불에 타고 있었으므로 차마 그에게 잘 가라는 말을 할 수 없었다. 그에게 새로운 최후를, 그가 원하는 새로운 최후를 그려줄 수 있다면 그녀는 유유히 뒷모습을 보이며 사라지는 그에게 비로소 제대로 된 작별인사를 던질 수 있으리라. 대양의 한복판에서 수평선을 바라보듯 막막한 일이지만 그래도 이제 그녀는 자신의 삶의 목표를 찾아낸다.

그녀는 그를 사랑하였다. 그와 제대로 헤어지지 않고는 이 뭍에 사는 어떤 사내와도 제대로 사랑하지 못할 것이었다. 지금까지도 그는 그녀의 마음 밑바닥에 가라앉아 그녀를 붙잡고 있다. 그를 사랑한 것이 그녀만은 아닐 터이지만 그에게 작별 인사를 제대로 하기 전에는 결코 제대로 살아낼 수 없는 존재라는 점에서 그녀만큼 그를 사랑한 여자도 없었으리라. 자신의 사랑을 증명하기 위해서라도 그녀는 그 일을 해야만 할 터이다. 그녀는 가만히 중얼거린다. 그의 장엄한 뒷모습에 제대로 작별 인사를 하는 순간이 내 남은 인생에 깃들기를, 그리하여 내가 지상의 다른 사내를 사랑할 수 있는 날이 다시금 올 수 있기를.

항구에는 어느새 저녁이 내려 환하고 둥근 달이 떠오른다. 귀퉁이가 조금씩 이지러져 가는 만월의 달빛이 잠든 배들 위에 내려앉는다.

하현달

하현의 달은 지는 반달.
한밤중 쪽배처럼 떠오른 반달은
모두들 잠든 밤의 세계를 노 저어 가다
한낮 서쪽 하늘로 저문다.

떠오르는 것들은 결코 지닐 수 없는,
저물어가는 것들만이 가질 수 있는 어떤 초월,
하현의 항구에서 만난 어떤 여자들.

굿모닝 하트에이크(Good morning heartache)

1

유리창 밖으로 파초 잎이 거세게 흔들린다. 5월인데 때 아니게 비바람이 몰아친다. 그런 탓에 오늘은 저물녘이 되도록 점심 식사 손님 두 테이블, 커피 손님 세 테이블이 고작이었다. 지배인 김씨는 손님이 많을 때는 챙길 수 없는 소소한 것들을 점검하느라 바쁘다. 홀과 주방의 청결, 요리 재료의 신선도 검사까지 깐깐하게 따지는 중이다. 그런 김씨를 바라보던 수석 웨이터 장인수는 문득 이곳이 잘 나가던 때를 떠올렸다. 웨이터만 대여섯쯤 되던 시절에는 이런 날이면 자신도 그들의 복장과 매너를 일일이 체크했다. 지금이야 웨이터라곤 환갑도 지난 자기 한 사람밖에 없으니 수석웨이터란 직함 자체가 민망스러울 뿐이었다. 미국의 고급 레스토랑을 돌며 매너를 익혀온 그는 어떤 손님이든 스스로를 귀족처럼 여기게끔 기품 있게 서빙 하는 것을 모토로 삼았다. 그러나 한국에 와 보니 나이 많은 웨이터의 서빙을 어색해 하는 사람들이 많았다. 서양의 나이든 스튜어디스들을 보고 당황하고 놀라듯이 웨이터도 젊은 남자여야 한다는 고정관념이 깊었다.

권 사장의 간곡한 부탁이 아니었다면 장인수는 결코 돌아오지 않았을 것이다. 미국에서 사업을 하는 권 사장은 고국의 저택을 팔기 싫어 고급 레스토랑으로 만들었다며, 김씨와 그에게 경영을 간곡하게 부탁했다. 아들과 아내의 기억이 스민 한국으로 돌아오는 일이 그에게는 내키지 않았다. 미국에서 산 세월이 18년, 아내야 그렇다 쳐도 아들과 한국에서 보낸 시간은 일곱 살 이전의 시간뿐이었다. 추억이 깃들었다면 미국 쪽이 더할 것이다. 그런데도 미국의 시간은 견딜 수 있었지만 이곳의 기억을 만나는 건 두려웠다.

비바람이 점점 거칠어져 연신 창을 때린다. 고즈넉한 바람에 잊을만하면 한 번씩 맑은 종소리를 울리던 백조 모양의 풍경이 발작이라도 하듯 마구 휘돌아간다. 그 뒤로는 잘 가꾸어진 정원의 꽃들이 격렬하게 몸을 흔들고 있다. 이대로 비바람이 계속 되면 저 아름다운 정원도 폐가의 뒤뜰처럼 되리라. 하지만 모든 것은 유리창 밖의 풍경일 뿐, 실내는 고요하고 평온하다.

둔중한 현관문이 밀리는 소리에 지배인과 장인수는 입구 쪽에 도열해 정중하게 손님을 맞는다. 녹색 레인코트를 입은 젊은 여자다. 빗속을 걸어왔는지 우산이 흠뻑 젖었다. 녹색 레인코트라니, 화가나 디자이너일지 모른다고 그는 생각한다. 뜻밖의 환대에 멈칫한 여자의 얼굴에 언뜻 반가움이 스친다. 잠시 서서 주변을 둘러보던 그녀는 정원이 가장 잘 내다보이는 구석의 창가 자리로 가 앉는다. 그가 다가가, 손님이 또 올 것인지 묻자 그녀는, 더 올 사람은 없다며 주문을 한다. C코스로 주세요, 크림수프에 고기는 웰던으로, 레드와인도 한 잔 주시고요. 식사가 아니라 사무용품을 주문하는 듯 건

조한 목소리다.

차례차례 음식이 나올 때마다 그녀는 조용히 그것들을 먹어 나간다. 비바람에 흔들리는 정원의 꽃에 눈길을 주기도 하고, 미친 듯이 휘돌고 있는 백조 모양의 풍경을 바라보기도 하다가 이따금씩 칼질을 멈추곤 자신이 썰던 고기를 물끄러미 내려다보기도 한다.

자동차 소리가 요란하게 들리더니, 다시금 둔중한 현관문이 밀린다. 지배인과 장인수는 재빨리 입구 쪽에 도열해 다시 정중하게 손님을 맞는다. 열린 문 뒤로 40대 후반으로 보이는 우아하고 세련된 부인과 기껏해야 서른을 갓 넘겼을까한 미끈한 청년이 함께 나타난다. 부인은 이따금씩 이곳을 찾는 손님이라 눈에 익었지만 남자를 데리고 온 것은 처음이다. 어떤 관계인지 한눈에 짐작이 가지는 않는다. 청년은 거의 젖지 않은 우산을 우산꽂이에 꽂는다. 차를 몰고 왔을 것이다. 두 사람은 창가의 여자를 흘낏 보더니 멀찌감치 떨어진 자리로 들어간다. 그러나 부인은 자리에 앉다 말고 일어나 청년과 자리를 바꾼다. 그대로 앉으면 남자의 눈길은 혼자 있는 여자 쪽으로 향하게 되어 있다. 두 사람의 관계가 어떤 종류의 것인지 짐작이 간다.

장인수는 다가가 주문을 받는다. 젊은 남자의 얼굴에 그를 보고 놀라는 기색이 역력하다. 부인은 청년에겐 묻지도 않고, 와인을 곁들인 A코스의 식사를 주문한다. 이 식당에서 가장 비싼 최고급의 코스다. 그가 채 등을 다 돌리기도 전에 뒤에서 소곤대는 소리가 들려온다. 뭡니까? 근사한 데 데려다준다더니 다 늙은 웨이터나 있는 이런 망해 가는 식당에 와요? 모르는 소리 하지 마. 저 사람은 프로야. 나는 프로가 아니면 상대하지 않거든. 민호씨도 프로라서 만나는 거란 거, 알고 있잖아? 평소 이미지와 다른 말투가 놀랍지만 여자의 기품이 사라지지는 않는다. 오히려 왕정시대의 프랑스 귀부인을 보는 듯 산뜻하다.

웨이터란 때론 따분한 직업이었다. 이렇게 점잖은, 적어도 겉으로는 교양 넘치는 손님들만 오는 고급 레스토랑에서야 수모를 겪을 일도 많지 않았다. 무료한 시간을 보내기 위해 장인수는 언제부터인가 손님을 자세히 관찰하고, 그 사연을 짐작해보는 습관을 지니게 되었다. 그는 창가에 앉아있는 여자를 슬쩍 바라본다. 저 여자의 나이는 마흔 셋이다. 일단 그렇게 정해 본다. 언뜻 보기에는 서른 서넛을 안 넘어 보이지만 어딘가 사연을 품은 듯한 무게감이 느껴지는 것으로 보아 마흔은 넘었을 거라 추측해본다. 사실 마흔 셋이든 서른다섯이든 어차피 상관은 없다. 결혼은 안 했다. 결혼한 여자가 혼자 저런 식의 식사는 하지 않는다. 오래 전에 저 여자는 애인과 함께 이곳에 왔다. 두 사람은 C코스 요리와 와인을 주문해서 함께 먹었다. 그러다 두 사람은 헤어졌다. 아마도 남자를 열심히 쫓아다니는 적극적인 여자가 있었으리라. 어느 날 남자는 그 여자의 유혹에 넘어가고, 이 여자는 그 사실을 용납하지 못하고 헤어졌다. 흔해빠진 사연을 엮고 있던 그는 김씨가 와서 팔꿈치를 건드려서야 정신을 차린다. 어느새 그녀는 식사를 마쳤다.

커피를 가져가니 식탁 위에는 종이와 만년필이 놓여 있다. 헤어진 남자에게 편지를 쓰려는군, 추리가 맞아 들어가는 기분에 장인수는 쾌감마저 느낀다. 더 필요하신 게 있으면 언제든 말씀하십시오. 그의 말에 고개를 끄떡이던 그녀가 갑자기 묻는다. 레스토랑 이름은 누가 지은 건가요? 아, 그건, 노래 제목입니다. 별 뜻은 없습니다. 그는 목례를 하고 자리에서 물러난다. 그에 대해 긴 말이 이어지는 것을 그는 원치 않았다. 굿모닝 하트에이크, 레스토랑의 이름으로 그것을 제안한 사람은 자신이었다. 빌리 할리데이의 노래였다. 칼로 짓이겨 놓듯 피투성이가 된 심장을 향해 그렇게 싱긋 인사를 해 주고 싶었다. 하지만 이제 와 생각하니 그것조차 치기였다.

어느새 어둠이 정원 위로 내려깔린다. 장인수는 다시 여자에게 눈길을 돌린다. 그녀는 무엇인가 쓰고 있다. 한두 줄 쓰고는 물끄러미 창밖을 내다보고, 또 한두 줄 쓰고는 한숨을 쉰다. 그런 행동은 대본에 쓰인 대로 연기하는 배우의 그것처럼 작위적으로 보인다. 상투적인 동작들이란 으레 작위적으로 느껴진다. 그것처럼 작위적이지 않은 동작도 드문데 말이다.

2

편지를 쓰다 말고 안노희는 창밖을 내다본다. 지나다 우연히 들른 이곳이 태수와 함께 왔던 곳일 줄은 몰랐다. 한련화, 제라늄, 마가리트, 그런 이국적인 꽃들이 빗물에 젖은 채 놓여있는 계단과 '굿모닝 하트에이크'라는 팻말을 보았는데도 기억은 어둡고 눅눅했다. 실내에 들어섰을 때 입구에 도열해 손님을 맞는 특이한 풍경과 맞닥뜨리고서야 비로소 기억이 환해졌다. 그러자 태수와 함께 주문했던 요리며, 디저트까지 줄줄이 따라 떠올랐다. 오늘은 정말 이상한 날이었다. 그를 이렇게 여러 곳에서 만나다니.

8년 만에 올라온 서울이었다. 길상사에나 들러보려던 참이었다. 그런데 버스를 갈아타기 위해 내린 평창동에 그림 경매를 알리는 현수막이 붙어 있었다. 문득 그곳에 들어가고 싶어졌다. 그곳이라면 아는 사람을, 적어도 태수를 만날 일은 절대 없으리라 생각했다. 그는 매춘부의 몸값 매기듯 그림의 값을 매기는 그런 곳을 좋아하지 않았다. 그런데 잠깐 구경만 하려던 생각이 입찰에 참여할 거냐는 질문을 받자 갑자기 흔들렸다. 태수도 인정했지만 그녀에게는 화상(畵商)으로서의 안목이 있었다. 단순히 걸작을 알아보는 안목이 아니라 머지않아 사람들을 사로잡게 될 그림의 어떤 신비로운 힘을 직관으로 알아내는 힘. 지난 8년간 아무리 어렵게 살았어도 결코 써먹지 않던 그힘을 한 번만 써보자는 생각이 불쑥 들었다. 그녀는 참가비를 내고, 입찰판을 받았다.

그녀가 들어섰을 때. 오상호의 10호 정도의 그림이 삼천오백만 원에 막 낙찰되고 있었다. 좋은 징조였다. 오상호야말로 그녀가 최초로 '혼자' 발굴해낸 화가였다. 그의 그림을 처음으로 만났던 건 중학생 때였다. 시골 친척 집에 놀러 갔다가 마침 마을회관에서 열린 전시회를 보게 되었다. 미술 동호회에서 회원들의 그림을 합동으로 걸어놓고 있었다. 미래의 대화가를 꿈꾸던 시건방진 소녀의 눈에는 하나같이 시시한 그림들이었다, 그런데 구석에 걸려 있는 작은 그림 하나가 그녀의 눈길을 잡아당겼다. 눈이 쌓인 계곡을 사실적으로 그려놓은 소품이 있다. 언뜻 보면 흔해빠진 달력 그림처럼 여겨질 수도 있을 그림. 하지만 빛이 달랐다. 그 사람 혼자 남들과 다른 물감으로 그림을 그린 것처럼.

그녀는 그 그림을 가지고 싶다는 욕망에 사로잡혔다. 물어물어 화가를 찾아냈다. 그렇게 그림이 마음에 든다면 그냥 주겠다는 화가에게 부득불 서울갈 차비까지 있는 돈을 다 털어주고 그림을 사왔다. 그가 오상호였다.

그 뒤로 오상호는 국전에 입선해 정식 화가가 되었고, 평단과 대중의 지지를 받는 유명한 화가가 되었다. 그가 무명일 때 일찍이 알아봤다는 자부심으로 그녀는 그가 인정받는 모습을 볼 때면 늘 즐거웠다. 어린 시절 샀던 그 그림도 절대 팔지 않고 간직하려고 했다. 그러나 그의 그림은 8년 전, 그녀가 가장 힘든 시간에 마주쳤을 때, 요긴한 돈으로 바뀌었다. 그 그림을 간직하기에 그녀의 현실은 너무 암담했고, 그 그림의 가격은 지나치게 높았다. 그 결정엔 조금의 망설임도 없었다. 그의 그림은 두 목숨을 건져냈으니 그림의 가치로 더 이상의 것은 없으리라고 그녀는 생각했다. 그래도 그림에 대한 미안한 마음은 있었던지 그 뒤로 그녀는 그 세계를 기웃거리지 않았다. 오상호의 명성은 나날이 높아져서 그녀가 내놓았던 그 초기의 소품도 가격이 급등했다. 그 그림을 그녀가 다시 살 가능성은 사라졌다. 그랬는데 경매장에 들어선 순간, 바로 그 오상호의 그림이 좋은 가격에 낙찰되는 장면과 마주친 것이다. 썩 괜찮은 징조였다. 신의 가호가 있다면 무명작가의 숨은 걸작을 다시금 건질 수 있을지도 몰랐다. 여윳돈은 없었지만 확실한 투자라면 빚을 내서라도 감행해보자는 배짱까지 생겼다.

진열대가 한 바퀴 돌자 다음 작품이 나타났다. 그녀는 새어나오는 비명을 막기 위해 손으로 입을 막았다.

태수의 자화상이 거기 있었다. 회색과 검은색만으로 그려낸 강렬한 그림, 그의 작품 중 그녀가 가장 좋아했던 그림, 그녀가 사랑한 사람의 엑기스를 정교하게 추출해 옮겨놓은 그림, 언젠가 그녀는 그에게, 당신하고 이 그림하고 둘 중에 하나를 택하라면 나는, 내가 사랑하는 것과 그렇지 않은 것이 잡다하게 섞여 있는 당신이 아니라 순수하게 내가 사랑하는 것들만 뽑아놓은 이 그림을 택하겠다고 말한 적도 있었다. 나와 함께 순장(殉葬) 될 그림이니 절대 팔지 말라고 다짐까지 받았던 그림. 그 그림이 하필이면 오늘 그 자리에, 그녀와 약속을 잡고 기다리고 있었던 양 그렇게 나타난 것이다.

그 그림은, 무명에다 아직 죽지도 않은 화가의 그림답게 150만원부터 시작해 올라갔다. 이백 오십, 이백 오십입니다. 더 이상 없습니까? 카랑카랑한 경매사의 목소리가 실내를 울릴 때, 그녀는 쥐고 있던 입찰판을 들어 올리지 않기 위해 고통스러울 만큼 인내력을 발휘해야 했다. 다시 진열대가 돌아 그 그림이 사라졌을 때, 그녀는 자리에서 일어섰다.

당신의 그림을 사 간 사람은 행운아입니다. 그는 어떤 부동산 투기를 한 것보다도 더 확실한 투자를 한 것입니다. 내가 죽을 때 그 그림과 함께 묻히려면 내 전 재산을 바쳐도 부족할 것입니다. 아니오, 그럴 일은 없겠지요. 이미 나는 당신을 떠났으니 그 그림과 내가 함께 묻힐 일은 결코 없겠지요.

아이를 맡기기 위해 동생 연희의 집에 묵고 있었지만 그녀는 누구에게도 연락을 취하지 않았다. 전 남편이나 딸 진혜에게 그녀는 이미 죽은 사람이었다. 다른 남자의 아이를 가졌다는 말에 한 마디 질문도 없이 그녀가 내미는 서류에 도장을 찍어주며 남편은 말했다. 평생토록 진혜 곁엔 얼씬도 말아, 이제부터 당신은 죽은 거야. 그 진혜가 벌써 열다섯 살이다. 나를 닮았다면 생리도 일찍 시작했을 텐데, 첫 생리대는 누가 사주었을까, 그녀는 그런 생각만 할뿐이다.

늙은 웨이터가 정중하게 커피를 따라주는군요. 벌써 석 잔째지만 그는 조금도 싫은 기색이 없습니다. 모든 것이 그때와 똑같습니다. 저 웨이터가 예전의 그 사람인지는 모르겠지만 내게 입력되어 있는 말은 '늙은 웨이터'라는 말뿐이고, 그때나 지금이나 이곳의 웨이터는 늙었으니까요. 나는 이미 혼자서 화려한 식사를 마치고, 커피를 홀짝이며 무료하게 창밖만 바라보고 있었습니다.

무료하게 창밖만 바라보고 있다는 말은 거짓이다. 태수의 핸드폰 번호를 그녀의 머리는 잊었지만, 손가락은 저 혼자서 식탁 위를 두드리고 있다. 누구에게도 들키면 안 되는 사랑이었기에 단축키는커녕 저장도 못한 채 늘 외워서 꼬박꼬박 눌렀던 그의 번호를, 정작 뇌는 잊었는데 손가락이 기억하고 있었다. 그녀는 그러는 손가락을 가만히 바라본다. 손가락의 기억이 뇌의 기억보다 오래 간다는 사실이 서글프다. 사람이 죽은 뒤에도 시체의 머리카락이나 손톱은 자란다는 이야기처럼. 그래도 그녀는 그에게 전화를 걸지 않는다. 입찰판을 들지 않았던 것과 똑같은 인내심으로.

이 편지를 부치지는 않을 것입니다. 그저 내 마음속을 좀 치울 필요가 생긴 것뿐입니다. 나는 오늘 버림받은 여자잖아요? 확실하게 버림받은.

그 그림을 내다 판 당신의 마음을 나는 짐작조차 할 수 없습니다. 그런데 경매장에서 나와 발길 닿는 대로 걷다가 젖은 몸을 말리고 지친 다리쉼이나 하려고 들어온 곳이 또 당신과 와본 곳이라니 좀 얼떨떨하긴 합니다. 이곳에서 내 서른일곱 번째의 생일을 당신이 축하해 주었지요. 그래요. 보내지도 않을 편진데, 무슨 얘긴들 못 하겠어요? 그간의 모든 일을 당신에게 쏟아놓고 싶습니다.

8년 전, 나는 통영으로 내려갔습니다. 나를 아는 사람이 아무도 없는 그곳으로, 내가 가장 아끼던 그림을 팔아 간신히 작은 아파트 하나 빌릴 돈만을 들고 누가 부른 듯이 그곳으로 달려갔지요. 길옆에 바다가 있고, 건물이 희고, 섬이 많은 그곳. 언젠가 혼자 여행하다 들렸다는 인연만으로 나는 그곳을 무턱대고 찾아간 것입니다.

결혼 후 접어두었던 전공이 내 밥벌이가 되어주었어요. 당신이 놀렸던 그 그림 실력(기억하나요? 당신은 내 그림을 보고 늘 웃었지요. 이토록 독특한 여자의 그림이 이토록 평범하다니 놀라운 일이야! 하면서요)으로 나는 아이들을 모아 미술을 가르쳤습니다. 두어 달 따로 배웠던 동양화 실력으로는 그 어머니들까지 가르쳤습니다(당신이 이 사실을 알았다면 정말 배를 잡고 웃었겠지요?).

그렇게 열심히 돈을 모아 아이를 낳고, 아이를 낳은 다음 다시 그림을 가르치면서 살아왔습니다. 아이라니? 궁금해 하는 당신의 일굴이 보이는군요. 그래요. 진수, 내 아이의 이름입니다. 내 딸의 이름 첫 자와 당신 이름의 끝 글자를 땄지요. 이 아이를 살리기 위하여 나는 그 애의 누나를 버렸습니다.

내가 뭐라고 했던가요? 이제는 기억도 가물가물합니다. 그렇군요, 남편에게 돌아가겠다고 했지요. 나를 잡았던 손을 힘없이 놓던 당신이 떠오릅니다.

왜 얘기를 하지 않았냐고요? 그건 당신이 마음 약한 남자이기 때문이었죠, 더 가엾은 여자를 버리지 못 하는. 바로 그런 이유로 결코 버릴 수 없었던 당신의 그 착한 아내를 당신은 버릴 게 분명했으니까요. 왜냐하면 내가 더 가엾었을 테니까. 내가 참을 수 없었던 건 그것이었어요. 연민이라는 물감을 떨어뜨려 오염이 되고 말 감정. 나는 우리 사랑이, 차라리 선명한 치정이길 원했어요. 진수는, 그래요, 당신과 나의 아이입니다.

3

한참 만에 그녀가 만년필을 내려놓고, 담배에 불을 붙이는 모습을 보고서야 장인수는 다가가 커피를 새로 채워주었다. 벌써 석 잔이나 채워준 커피 잔이 아까부터 비어 있었지만 무엇인가 쓰고 있는 그녀를 방해할 수 없어 기다렸던 것이다. 담배 연기 너머로 검은 글씨가 가득 찬 종이가 보였다. 그는 얼른 눈길을 돌렸다. 스피커에서는 날씨에 어울리지 않게 「어떤 개인 날」이 흐르고 있다. 김씨의 짓이다. 젊은 시절 일본 여인과 로맨스가 있었던 그는 이렇게 비가 쏟아지는 날이면 어김없이 「나비부인」에 나오는 저 곡을 틀었다. 혹시 듣고 싶은 음악이 있으면 말씀하세요, 그가 말하자 그녀는 잠시 생각하더니 말했다. 이런 날은 첼로곡이 좋겠죠? 조용한 첼로곡으로 골라 주세요. 자신의 감정에서 빠져나온 공손한 말투였다.

장인수는 카운터로 돌아와 「콜 니드라이」 LP판을 걸었다. 야노스 슈타커의 연주였다. 장중한 음률이 실내로 퍼져 나간다. 저녁이 깔리는 이곳에 그 음악은 절묘하게 어울렸다.

벌써 십 년이 흘렀다. 십 년 전 어느 날, 다 키운 자식을 남의 나라 땅에서 잃고 말았다. 아들은 대학을 다니면서 밤이면 한국 물건을 파는 가게에서 아르바이트를 했다. 그곳에 강도가 들어 격투를 벌이던 아들은 목숨을 빼앗겼다. 따지고 보면 무엇 때문에 그 먼 나라로 갔던가. 하나밖에 없는 아들에게 보다 넓은 세상을 보이고, 보다 깊은 교육을 받게 하기 위함이 아니었던가. 그랬는데 아들은 그렇게 어이없이 죽고 말았다. 아르바이트를 하지 않아도 될 만큼 유복한 환경이었다면 아들은 죽지 않았을까. 아니, 이 땅을 떠나지 않았다면 아들은 무사했을까.

장례를 마친 다음 다시 직장으로 돌아간 첫날, 그는 다른 때와 다름없이 평온하고 성숙하게 손님에게 서빙을 했다. 그런데 이느 순간, 그러고 있는 자신의 모습을 또 하나의 자신이 천장쯤에서 내려다보는 기분이 들었다. 온 몸에 소름이 돋았다. 그런데도 태엽 감긴 인형처럼 자신의 몸은 저절로 움직여지고 있었다. 죽은 아들만한 나이의 동양인 청년이 들어왔을 때, 순간 무방비의 상태에서, 흡, 하고 치밀어 오르는 오열을 참지 못해 화장실로 달려가는 실수를 범하긴 했지만 말이다. 그런 실수조차 없었다면 자신은 스스로를 구제 받을 수 없는 인간이라 여겼을 것이다.

돌아보니 여자는 다시 자신 속으로 들어가 필터가 타들어 가는 것도 모른 채 창밖만을 바라보고 있다. 밖에는 여전히 비가 내리고 있고, 어둠은 그 빗속으로 검은 물이 되어 흘러내린다. 땅을 뒤흔드는 천둥소리가 두어 번 울렸다. 첼로의 음률 속에 듣는 천둥소리는 또 다른 악기의 연주였다.

손끝이 뜨거웠던가, 그녀는 흠칫 놀라며 담배를 뭉갠다. 그리고 결연한 표정으로 다시 만년필을 집어 든다. 장인수는 자기도 모르게 웃음을 흘린다. 지나치게 진지한 모습이란 늘 우습다. 저 여자는 지금 유서라도 쓰는 것일까?

4

갑자기 내 자신이 두려워집니다. 혹시라도 이 편지를 당신에게 보내게 되는 건 아닐까, 지금껏 버텨온 이 비밀을 순간의 충동으로 허물어뜨리는 건 아닐까, 그런 두려움이 걷잡을 수 없이 몰려옵니다. 그래도 지금은 이 말을 당신에게 해야만 해요. 내 속에 담긴 말의 무게가 내게는 너무도 힘들었어요. 진수는 나와 당신의 아이라고, 당신의 귀에 대고 큰소리로 외치고 싶었을 때가 얼마나 많았나 모릅니다.

아이를 혼자 키우면서 가장 힘들었던 건 세상의 시선이 아니었어요. 경제적 어려움도 아니었고요. 그런 어려움이 왜 없었겠어요? 하지만 그런 건 이미 입술을 깨물며 몇 번이고 각오를 했던 만큼 견딜만했지요. 그건 열심히 공부한 예상 문제가 시험에 나오는 것 같은 거였으니까요. 어려우리라고 예상했으니까 그만큼 이를 악물고 마음의 준비를 했던 것들. 그래서 아이가 아플 때에도, 혼자서 처리하기 힘든 일들과 만날 때에도 애초에 그 누구에게도 의지할 수 없다는 걸 잘 알고 있던 나는 그 모든 것들을 견뎌낼 수 있었어요. 내가 선택한 일이니까 신

앞에선들 응석을 부릴 수 있었겠어요?

처음 아이가 들어섰다는 걸 알았을 때의 고통에 비한다면 그것들은 아무 것도 아니었어요. 그때 나는 하루에도 몇 번씩 결정을 번복했지요. 낳아야 한다, 낳아서는 안 된다. 그러나 그 말은 어느새 낳고 싶다, 죽이고 싶지 않다, 로 바뀌어갔지요. 눈앞에는 그 아이로 인해 가슴이 찢겨질, 세상에서 가장 사랑하는 내 딸이 있었는데…. 나는 잔인해졌지요. 아무리 상처 입더라도 너를 죽이는 건 아니니까, 용서해라, 너는 살아있으니.

그러나 세상에는 죽음보다 더 큰 고통도 있지요, 평생토록 나의 딸의 가슴을 찢어 발겨놓을. 진수 역시, 언젠가는 내게 대들지도 몰라요, 왜 나를 낳아서 이 고통을 당하게 하느냐고. 그래도 나는 그 쪽을 선택했어요. 한 아이를 위해 버린 또 한 아이를 가슴에 화인처럼 새겨 넣고.

안노희는 만년필을 내려놓는다. 몸속 깊이에서 구역질 같은 게 치민다. 왜 이따위 것을 쓰고 있는가? 그러나 올라오는 욕지기는 마지막 것까지 뱉어내야만 했다. 도로 삼킬 수는 없었다.

구질구질 하군요, 이런 얘길 하자니. 역시 인생에는 무덤 속까지 가져가야 할 비밀이 있는 겁니다. 그런 걸 살아서 늘어놓자니 이렇게 참 담하고 추레하군요. 내가 꼭 비에 젖은 개 같아요. 그래도 오늘은 그래 야만 하겠어요. 삶이란 게 원래 그런 거란 걸, 나는 왜 그리 부정하고 살았는지.

애기가 샜습니다. 진수 애기를 하겠습니다. 우리의 아들 진수.

힘들리라 예상했던 것들은 그렇게 이를 악물고 잘 이겨낼 수 있었는데, 예상치 못한 순간들이 있었습니다. 아이가 솜사탕처럼 보드랍게 웃을 때, 아이가 처음으로 내 등을 치며, 엄마, 라고 부를 때, 아이가 처음으로 짝짜꿍을 하고, 도리도리를 하고, 제 두 다리로 걷고, 신기한 첫 말들을 내뱉을 때, 그때 그 모습을 나 혼자서, 이 넓디넓은 세상에서 단지 나 혼자서 봐야 된다는 사실이 그렇게 힘들 줄은 미처 예상하지 못했습니다. 그럴 때마다 나는 당신에게 달려가 아이를 내보이고 자랑하고 싶은 마음에 견딜 수가 없었지요. 고통보다 기쁨을 혼자 누리는 게 더 힘들 줄이야 어찌 알았겠어요?

아, 이젠 괜찮아요. 아이는 단 한 사람의 관객인 내 앞에서도 제 역할을 조금도 소홀히 하지 않는 성실한 배우처럼 제 몫의 재롱을 하고, 제 몫의 성장을 해왔고, 나 역시 제 몫의 감탄을 하고, 제 몫의 벅참을 느끼면서 잘 살고 있습니다. 이 세상에서 진수의 아버지가 당신이라는 것을 아는 사람은 단 한 사람도 없습니다. 내가 아이를 혼자 낳아 키우고 있다는 사실조차도 전 남편과 동생 연회 말고는 아는 사람이 없습니다. 하긴 당사자인 당신조차 모르고 있는 일이니.

한없이 궁금해 하는 연회에게조차 나는 당신의 이름을 말하지 않았습니다. 그렇듯 당신과 나의 연애는 안개 속에서 은밀하게 이루어진 것이었습니다. 아무도 모르는 그 사실, 진수가 없었다면 나조차도 과연 내가 당신이란 사람을 만나 연애를 했던 것인지 의심하였겠지요. 우리는 정말 만났던 것일까요?

그래요. 나는 이 편지를 부쳐야겠어요. 이렇게 쓰고 나니 꼭 부쳐야 한다는 생각이 간절하게 치솟아 오릅니다. 당신을 다시 만나는 일은 결코 없겠지만 그래도 당신의 아이가 세상 한 귀퉁이에서 자라고 있다는 사실만은 당신에게

5

갑작스런 종이 구기는 소리에 와인 잔을 마른행주로 닦던 장인수는 고개를 돌린다. 손안에 든 종이를 우그러뜨려 버리는 그녀가 보인다. 아마도 편지를 쓰다 보니 옛 기억이 떠오르고, 다시금 자존심이 상했던 모양이다. 이제 또 담배를 물겠군, 그의 예상대로 그녀는 다시 담배를 빼어 문다. 사는 일은 3류 영화처럼 어느 것이나 뻔하고 비슷하다. 그것에 반응하는 인간의 동작도 상상력 없는 감독의 영화처럼 진부하고 진부하다.

하나뿐인 아들을 그렇게 잃고, 아내는 넋 나간 사람이 되어버렸다. 장인수는 아내가 그럴수록 더욱 악착같이 삶에 집착해갔다. 웨이터라는 일이 평생을 바쳐야할 가치 있는 일이기나 한 것처럼 그 직업에 관한 모든 것을 섭렵했다. 하루 종일 거실에 우두커니 앉아 해바라기만 하고 있는 초로의 아내를 볼 때마다 그의 생에 대한 욕망은 집요해졌다. 그는 어떤 와인이든 맛을 구별해내는 소믈리에 자격증도 땄고, 서양 에티켓의 달인도 되었다. 그런가 하면 나이에 걸맞지 않게 스쿠버다이빙을 시작해 미친 듯이 그것에 열중하기도 했다. 깊은 물속에서 현란한 빛깔의 물고기들에 취해 시간을 보냈다.

그가 그러고 있는 동안 아내는 혼자 늙어갔다. 쉰도 되지 않은 아내가 늙어 가는 속도는 놀라웠다. 그것에는 아예 속도조차 없었다. 아내는 어느 날, 말 그대로 파삭, 종이가 구겨지듯 늙어버렸다. 그의 앞에서는 울지도 않았고, 그렇다고 미친 것도 아니었다. 그렇게 우두커니 앉아 있다가 그가 들어가면 자동기계처럼 일어나 저녁을 준비했고, 그와 함께 말없이 식사를 했다. 그런 아내를 볼 때마다 그는 내장을 발라낸 인간을 보는 기분이었다. 아내는 내장을 다 발라내고, 껍데기만이 남았다. 껍데기가 일어나 식사를 챙기고, 껍데기가 식탁에 앉아 음식을 집어넣었다. 그는, 아내가 먹은 음식을 그대로, 접시에 담긴 채로 배설하는 꿈을 꾸기도 했다.

이제 그녀는 벗어놓았던 녹색 레인코트를 다시 걸치고 일어난다. 카운터로 다가온 그녀는 카드를 내민다. 부가세 10프로까지 붙은 가격은 6만 3천 2백 원, 혼자 누린 저녁 식사로는 꽤나 사치스러운 것이지만 그녀는 숫자를 읽지도 않는다. 장인수는 카드에 서명하는 그녀의 손길을 유심히 바라본다. 흘려 썼지만 이름을 알아볼 수는 있다. 안노희, 녹색 레인코트처럼 흔치 않은 이름이다. 입구에 놓인 우산조차 잊은 채 그녀는 황급히, 무엇엔가 쫓기는 사람처럼 문을 밀고 나간다. 그는 얼른 우산을 들고 쫓아나간다.

현관 문 앞에 망연히 선 채로 그녀는 쏟아지는 빗줄기를 바라보고 있다. 우산이 어디로 갔나, 어리둥절해 하는 어린애 같은 표정이다.

"우산을 놓고 가셨습니다."

그가 우산을 건네자 그녀의 얼굴이 붉어진다.

"고맙습니다. 정신을 빼놓고 사네요."

"즐거운 시간 되셨나요?"

아까 했을 인사를 이제야 묻자 그녀는 그런 그를 물끄러미 바라보더니, 우산을 켜면서 미소를 짓는다.

"네. 아주 즐거웠어요."

장인수는 정중하게 허리를 구부려 인사를 한다. 안노희는 가볍게 답례를 하고 빗속으로 걸어 나간다. 이제 저 여자는 다시는 이곳을 찾지 않으리라, 혹여 이곳을 지나게 되더라도 잘못 버려진 자신의 생리대라도 보는 것처럼 얼른 고개를 돌려버릴 것이다.

장인수는 뚜벅뚜벅 되돌아 들어간다. 홀 안은 그대로이다. 얼핏 모자(母子)처럼 보이는 예의 그 커플은 고개를 맞대고 속삭이고 있다. 문득 아내가 죽었을 때의 나이가 지금 저 부인의 나이와 비슷하리란 생각이 든다. 막상 아내가 죽었을 때 그는 눈물을 흘리지 않았다. 아내는 이미 예전에 죽은 사람이었다. 육신의 죽음은 마지막 수순일 따름이었다.

그 새 홀 안에는 곡이 바뀌어 「문 리버(Moon river)」가 흐르고 있다. 어떤 짓을 해도 기품이 변치 않는 저 여자가 신청한 곡이리라. 장인수의 입가에 미소가 피어오른다. 저 노래를 들으면 오드리 헵번이 연상되는 게 보통이겠지만 지금 저 두 사람을 보니 그는 그 영화 속의 늙은 여배우가 떠오른다. 헵번에 비해 늙었다는 것이지 그 여배우의 나이는 저 부인과 비슷할 것이다. 젊은 남자를 돈으로 사다시피 정부(情夫)로 삼고 있던 우아하고 세련되고, 지극히 관대했던 여자. 젊은 여자와 진짜 사랑에 빠진 자신의 정부에게 실컷 놀고 오라며 용돈까지 대어주던 그 여인, 남자를 확실히 돈으로 살 줄 알던 그 세련됨 앞에 젊고 순수한 헵번 커플은 얼마나 촌스럽고 초라해 보이던가. 세련된 치정은 촌스런 순정보다 품위 있는 법.

그는 문득 「문 리버」의 달빛은 어떤 달의 달빛일까를 생각해 본다. 노래 가사로만 본다면 환한 달빛의 강이 떠오르니 그것은 만월의 달빛일 것이다. 그러나 헵번이 맡았던 역을 생각해보면 그것은 어딘가 미숙하고 불안한 떠오르는 반달, 상현달로 여겨졌고, 늙은 여배우를 주인공으로 한다면 그것은 원숙의 시기도 지나 그늘을 품은 채 져가는 반달, 하현달로 여겨졌다.

그는 점점 더 이 커플에게 관심이 간다. 곁눈질로 살펴본 여자의 표정은 지극히 여유롭고 느긋하다. 떠오르는 것들은 결코 지닐 수 없는, 저물어가는 것들만이 가질 수 있는 어떤 초월, 하현의 달만이 가질 수 있는 그 매력 앞에, 그는, 근사해, 하고 자기도 모르게 중얼거린다. 그의 가슴이 다시 두근거리기 시작한다. 이제 남은 시간은 쉽게 갈 것이다. 비디오 한 편을 다 보고, 새 비디오테이프를 끼워 넣을 때처럼 그의 가슴은 기대로 설렌다.

장인수는 안노희가 떠난 자리를 정리한다. 탁자 옆에 놓인 휴지통 용도의 빈 항아리에 그녀가 구겨버린 종이가 그대로 들어있다. 이미 봐둔 그것을 그는 슬그머니 집어 주머니 속에 넣는다. 말끔히 자리를 정돈하고, 그릇들을 주방으로 다 옮긴 다음에야 그는 화장실로 간다. 맨 구석 칸으로 들어간 그는 문을 걸어 잠근다. 남의 사연을 훔쳐보는 일은 젊으나 늙으나 흥미진진한 일이다. 자기 삶이라곤 없는, 빈 항아리 같은, 나 같은 사람에게는 특히, 그는 그렇게 생각한다.

예상대로 그것은 편지였다.

그래요, 나는 이 편지를 부쳐야겠어요. 이렇게 쓰고 나니 꼭 부쳐야 한다는 생각이 간절하게 치솟아 오릅니다. 당신을 다시 만나는 일은 결코 없겠지만 그래도 당신의 아이가 세상 한 귀퉁이에서 자라고 있다는 사실만은 당신에게

편지는 그곳에서 끊겨 있었다. 꼭 부치고야 말겠다는 그녀의 결정은 억지였다. 그 여자는 그럴 수 있는 여자가 못되었다. 자신이 부린 억지에 대한 반발로 더 이상 편지를 이어갈 수 없었으리라. 누구보다 신파적인 삶을 살면서도 스스로가 신파의 주인공이 되는 걸 못 견뎌하는 부류가 있다. 그녀가 바로 그랬다.

장인수는 변기 뚜껑을 열고, 그 종이를 잘게 찢어 조금씩 흘려보낸다. 안노희의 비밀스런 사연은 그렇게 흘러내려간다. 그 정도의 사연쯤은 이 세상에 널릴 대로 널려있다. 그것은 정화조를 거쳐 먼 바다로 흘러갈 것이다. 아들의 뼛가루는 태평양의 어느 언저리쯤을 맴돌고 있을까. 아내의 뼛가루는 소원대로 지금쯤 아들의 뼛가루를 만났을까.

문득 장인수는 자신의 몸도 잘게 찢어 그 속으로 흘려보내고 싶어진다. 어느새 그의 입에서는 자신도 모르게 흥얼거림이 흘러나온다. 굿모닝 하트에이크, 히어 위 고우 어게인(Good morning heartache, here we go again)….

그믐달

청송의 어느 여관에서 홀로 묵었던 밤,
문득 잠이 깨어 창을 보니 서늘한 푸른빛이 스며오고 있었다.
검은 능선 위에 홀로 처연히 떠있던 그믐달 한 쪽,
나는 그 달에 홀려 무엇인가를 썼다.
써놓고 보니 그것은 어떤 소설의 마지막 부분이었고,
그때의 나보다 아홉 살이나 더 먹은 여자의 이야기였다.

마지막을 먼저 쓰고 그 몸통을 찾아 쓴 일은 처음 있는 일이었지만
그런 순서의 작업은 그믐의 항구에 썩 어울렸다.

그믐달

파인더로 보이는 화면이 미세하게 떨린다. 찰칵, 셔터 떨어지는 소리가 윤의 몸을 관통한다. 수동 카메라의 셔터 음에는 찍는 자의 감정이 묻어 있다. 초점이 흐려진 그만큼의 떨림.

방금 전의 셔터 소리만 해도 윤은 무엇이 달라졌는지 알 수 있었다. 셔터 음은 경쾌했지만 그것에 묻어있는 떨림은 결국 이 사진을 못 쓰게 만들 것이다.

기호한테서 전화가 왔다. 촬영 중에는 보통 핸드폰을 꺼놓는데 오늘은 이어폰을 이어 놓고 있어 전화를 받을 수 있었다. 그와 헤어진 게 언제였던가. 십 년도 넘은 것만은 확실했다.

저, 기홉니다. 잘 지내셨어요?

그는 엊그제 만났던 사람처럼 심상하게 말했다. 달라진 게 있다면 좀 더 점잖을 빼는 목소리와 정중한 존댓말 정도랄까. 열두 살의 나이 차에 사제지간이라는 관계를 떨어버리려는 듯 예전의 그는 부자연스러울 만큼 반말만을 고집했다.

기호? 어쩐 일이야? 이렇게 오랜만에?

윤 역시 아무렇지도 않은 척 대꾸했다.

갑자기 생각이 나서요. 보고 싶네요. 지금 어디세요?

여기 청송이야, 주산지. 지금 촬영 중이야.

물에 잠긴 나무 둥치 위로 바람이 불자 아침 안개가 쓸려나갔다. 윤은 다시 셔터를 눌렀다.

아, 그거 잘 됐네요. 촬영 여행은 늘 혼자 다니잖아요? 점심 먹고 출발하면 저녁에 술 한 잔 할 수 있겠네요. 청송이라, 약숫물 백숙을 안주로 해도 좋겠군요. 그럼 이따 봐요.

눈앞에 펼쳐진 황홀한 광경에 셔터를 눌러대느라 기호의 일방적인 통고에 대꾸조차 하지 못한 채 전화는 끊겼다. 한때 잠시라도 연인으로 지냈던 남자, 뜻밖이었고 반가웠다. 하지만 예전에도 그는 이런 식이었다. 서로 헤어지기로 해놓고도 아무 일도 없었던 것처럼 전화를 걸거나 찾아오곤 하였다. 각자 다른 이성이 생긴 다음에야 두 사람은 제대로 헤어질 수 있었다.

11월의 성근 햇살 속에 짙은 안개와 바람이 어우러져 다시 만나기 힘든 풍광을 보여주고 있는데, 윤은 계속 못쓸 사진만 찍어대고 있었다. 단순히 옛날 남자를 다시 본다는 설렘 때문만은 아니었다. 윤은 잊고 있던 자신의 나이를 떠올린 것이다. 쉰여섯, 세월이 많이 흘렀다. 마흔둘의 나이에 서른의 기호를 만났을 때도 그녀는 자신을 늙은 여자라고 생각했다. 이제 와 돌아보면 마흔둘은 얼마나 싱싱하고 아름다운 나이였던가. 그런데도 그때 윤은 지금보다 더 늙은 여자처럼 굴었고, 기호 역시 그녀를 '나의 늙은 애인'이라고 놀리며 자신의 젊음을 으스댔다. 그에게도 세월은 흘렀겠지만 그가 남자로서 더 원숙한 나이에 이르렀다면 자신은 이미 여자로서의 존재감을 잃는 나이에 다다른 것이다.

지난해에는 몇 달씩 건너뛰던 생리마저 완전히 끊어졌다. 그러자 오히려 남자를 만나는 데 걸리는 날이 없어졌다. 그런데도 윤은 내키지 않을 때면 애인인 모리스에게 생리를 핑계로 댔다. 쉰여섯의 여자가 생리를 한다는 건 드문 일일 텐데도 모리스는 의아하게 생각하지 않았다. 그가 아는 서양 여자들에 비해 주름이 적고 피부가 고운 그녀를 그는 늘 40대로 여겼다. 처음 만날 때 이미 나이를 밝혔는데도 모리스는 거기에 덧셈을 해나가지 않았다. 그런 탓에 그녀는 모리스 앞에서만은 아직도 자신을 젊은 여자로 느꼈다. 모리스도 그녀보다 세 살이 아래였지만 그녀는 그를 연하라고 생각해 본 적이 없었다. 체격도 크고 무슨 일에나 침착한 그는 언제나 기대고 싶은 남자였고, 함께 술잔을 기울이고, 조용히 이야기를 나눌 수 있는 술벗이고 말벗이었다. 이 남자라면 늙어 죽을 때까지 옆에 있어도 괜찮겠구나, 그런 생각까지 가끔 스치기도 했다. 그렇지만 기호는 달랐다. 오래 전의 남자인데다 자신보다 훨씬 젊은 남자, 그를 만날 생각을 하자 그녀는 자신이 갑작스럽게 늙은 여자가 되는 기분이었다. 결국 그녀는 카메라를 내렸다. 더 이상 해보았자 필름만 버릴 게 분명했다.

윤은 여관으로 돌아왔다. 뒤늦게 마음이 심란해졌다. 이제라도 전화를 걸어 오지 말라고 할까, 그런 갈등에 잠시 흔들렸지만 그녀의 마음은 금세 가라앉았다. 객지에서 오래 전의 젊은 애인이랑 하룻밤의 만남을 갖는 일 정도에 온 마음을 쪼아대며 갈등하기엔 그녀의 삶의 무게가 녹록치 않았다.

기호와 만나던 무렵에는 그렇지 못했다. 사귀는 내내 그 만남에 갈등하고 번민했다. 그때까지만 해도 전부를 걸지 않은 연애를 불결하게 생각했기에 서로에게 전적으로 몰입할 수 없었던 그 연애를 끝내고만 싶어 했다. 얼마나 어리석었던가. 누군가의 전부가 되는 일은 불가능할 뿐더러 바람직하지도 않다는 것을 그때는 몰랐다. 게다가 그의 젊음 앞에 지레 움츠러들어 그를 튕겨내려고만 했다. 윤은 그 시절의 자신에 대해 후회가 아닌 안쓰러움을 느꼈다. 어쩔 수 없지 않은가. 그때는 아직 진정으로 늙은 여자가 못되었다.

이제 윤은 자신이 진정으로 늙은 여자라는 사실을 받아들였다. 한 인간으로서 윤은 자신의 나이를 사랑했다. 자신의 몸과 혼에 지나간 모든 순간이 스며있다는 것을 알았기에 젊은 날의 어떤 순간으로도 다시 돌아가고 싶지 않았다. 하지만 여자로서는, 아니, 여자의 몸으로서는 자신의 것을 시들어가는 것이라고 인정할 수밖에 없었다. 부끄럽지는 않았다. 그러나 겸손해졌다. 고르고 골라서만 내주었던 자신의 몸을 이제는 좀 더 편안하고 가볍게 열 수 있었다.

윤은 사진 장비들을 잘 챙겨 두고 욕조에 뜨거운 물을 받았다. 장비는 간단했다. 윤은 몇 년 전부터 다른 카메라 액세서리들을 사용하지 않았다. 필터나 삼각대는 물론 플래쉬나 망원렌즈도 쓰지 않았다. 50대에 들어서자 카메라 하나만 들고 다니는 것도 힘겨웠다. 다행히도 윤의 경우는 사진 자체라기보다는 사진과 글을 서정적으로 엮는 포토에세이를 만드는 게 주 작업이었기 때문에 그것이 가능했다. 젊을 때는 다른 작가들의 에세이에 맞는 사진을 찍어주기도 해서 글의 성격에 따라선 어쩔 수 없이 다른 장비들을 써야만 했다. 그러다 윤이 사진과 글을 함께 작업한 책이 어느 정도 팔린 뒤로는 이렇게 혼자 하는 작업이 가능해졌다. 그녀는 자신의 라이카 MP가 찍어낼 수 있는 사진만을 찍었고, 그 사진에 어울리는 글만을 썼다. 또한 나이가 들수록 제한된 조건 속에서 일하는 작업에 마음이 끌렸다. 이제는 컬러사진도 그만두고, 흑백사진만을 찍었다. 엄격히 제한된 운율이나 글자 수 속에 자신이 말하고자 하는 것을 다 쏟아 부어야 하는 시조나 하이쿠 작업처럼 그것에는 풀어지지 않은 긴장의 재미가 있었다. 윤은 비로소 물방울만 평생 그리는 작가를 이해하게 되었다. 그러나 삶에 있어서는 반대로 무엇이든 제한을 풀고 싶었다. 어떠한 속박도 비판도 싫었다. 윤은 남들에게도 너그러워졌지만 무엇보다 자신에 대해 너그러워졌다.

지금 시동 걸었습니다 출발합니다 근처에 가면 연락할게요

기호의 문자가 윤을 다시금 과거의 기억으로 몰고 갔다.

오래 전의 그 여행, 사진 학원에서 「포토 에세이」라는 자신의 강의를 듣는 사람들과 함께 한 MT였다. 30명쯤 되는 인원 중에서 반쯤이 갔을 것이다. 사진에 맞는 글까지 쓰는 강좌답게 그곳에 모인 사람들은 적당히 합리적이고, 적당히 낭만적이었다. 새벽 세시쯤 되자 술자리도 파장 분위기에 이르렀다. 그때쯤은 윤도 책임자로서 술자리를 버텨내는 일에 진력을 느끼고 있었다.

윤은 혼자 나가 바다 앞에서 담배를 피우고 들어왔다. 좀 오래 있다 온 탓일까. 다들 여기저기 드러누운 채 뻗어 있었다. 제법 큰 방이었던 탓에 그래도 어딘가 디밀고 들어가 누울 자리는 만들 수 있을 것 같았다.

그런데 방안으로 들어서던 윤의 눈에 구석의 웅크린 한 물체가 들어왔

다. 기호였다. 처음 자기소개를 할 때, 선생님과 겨우 띠 동갑인 임기호입니다, 충분히 연애가 가능한 나이 차이죠, 하고 좌중을 웃겼던 청년, 유난히 몸이 가늘고 키가 커서 껑충하게만 보였던 그가 다른 누구보다도 작은 부피로 움츠린 그 모습은 그녀를 강하게 끌어당겼다. 무엇보다도 꺾인 목이 부자연스럽게 느껴졌다. 윤은 자신도 모르게 베게 하나를 집어 들고 그에게 다가갔다. 피사체의 불편한 포즈를 고쳐주듯이 조심스레 목을 들어 베개를 베어주는데, 그가 잠에서 깨어 놀란 눈으로 그녀를 바라보았다. 그녀도 당황했지만 잠결이었던지 그는 그대로 잠이 들었다. 아주 잠시였지만 윤은 그를 안고 그 자리에서 잠들고 싶다고 생각했다.

그 기미를 기호도 알아챘던 것일까. 며칠 뒤 폭우가 쏟아지던 날, 그가 한밤중에 전화를 걸어왔다. 그 시간 윤은 빗소리 때문에 잠에서 깨어 베란다에 나와 있었다. 한번 잠에서 깨면 다시 잠들지 못 하던 무렵이었다. 그해 초 윤은 이혼을 했고, 혼자 살고 있었다. 아이도 없었던 그들에게 이혼은 어려운 일이 아니었다. 서른이 훨씬 넘어 결혼했기에 결혼기간은 7년 밖에 되지 않았지만 윤에게 그것은 70년처럼 길게 느껴졌다. 남편은 좋은 사람이었지만 윤은 숨쉬기가 힘들었다. 그 시간이 가져다 순 자각은 자신이 다른 사람과 같이 살 수 있는 인간이 아니라는 깨달음뿐이었다. 빗소리가 몸을 파고드는 날이었다. 더군다나 밤비였다. 그날 기호의 전화에 스스럼없이 나갔던 것은 그런 날씨 탓이었을까.

안 보면 죽을 것 같아요, 선생님, 한번만 만나주세요, 수화기 속에서 기호는 말했다. 그런 말은 안 했으면 좋았을 걸, 그가 자신의 남자가 되기에는 얼마나 어린 청년인가 하는 사실을 새삼 상기시키는 말이었다. 그러나 그런 거리감이 오히려 그녀를 망설이지 않게 해주었다. 빨려드는 사랑 따위엔 휩쓸리고 싶지 않았다. 자신의 젊음에 도취되어 늙어가는 여자인 자신을 만만히 보고 덤비는 그 몰지각이 편했다. 말없이 술을 마셨고, 술이 약한 기호는 혀가 꼬인 채 말했다. 너랑 자고 싶어.

나이는 힘일까, 적막일까. 새파란 청년의 도발적인 그 대사가 윤에게는 치기처럼만 느껴졌다. 서른도 적은 나이는 아닌데 그녀에게 그는 한없이 어린 남자로만 여겨졌다. 자고 싶은가, 윤은 그 순간 자신에게 물었다. 저 애와 자고 싶은가, 나는.

자신의 마음을 알 수가 없었다. 장대처럼 쏟아지는 밤비 소리에 몸을 맡기고 있을 때는 거짓말처럼 달아올랐던 몸이 살아있는 젊은 남자를 앞에 두자 오히려 가라앉는 그 마음을 알 수가 없었다. 그래서 윤은 생각했다. 남자랑 잔지 얼마나 되었지. 두어 달쯤 된 것 같았다. 좋아. 잘 때가 되었네.

가까운 모텔 방에 들어섰을 때 기호는 술이 다 깬 사람처럼 의기양양해 있었다.

나, 여자 경험 많아요. 나랑 한번 잔 여자는 반드시 날 또 찾죠.

윤은 어이가 없었지만 그러는 기호가 밉지 않았다. 그에게 마흔이 넘은 이혼녀란 섹스에 굶주려 밤마다 몸을 비트는 여자로만 여겨지는 모양이었다. 그는 자신의 말대로 침대 위에서 현란한 재주를 자랑했다. 그것은 자신을 바라보는 시선을 충분히 의식한 일종의 퍼포먼스였다. 젊구나, 윤은 그런 생각이 들뿐이었다. 경험이 많다는 그의 말은 과장이 아닌 듯 했지만 그의 자아도취적인 섹스 앞에서 그녀의 몸은 점점 더 가라앉았다. 그는 오직 한 여자를 정복해서 자기 앞에 무릎 꿇게 하겠다는 생각밖에 없어 보였다. 그 어린 청년에게 한 여자의 남자가 된다는 것은 그렇게 군림하는 것과 동의어였다. 그 구도 속에서 윤은 그 힘과 젊음에 자지러져야만 했지만 그렇게 되지 않았다. 흥분은 발목까지만 적시고 사라졌다. 얼른 끝났으면 좋겠다, 그녀는 손님을 받는 늙은 창녀처럼 그런 생각까지 했다.

코를 골며 곯아떨어진 기호의 팔에 안긴 채로 윤은 다른 남자들을 떠올렸다. 아니, 그 남자들과의 정사를 떠올렸다. 하룻밤 만난 남자들부터 전 남편까지. 섹스란 윤에게 몸으로 하는 대화 같은 것이었다. 때론 격렬한 언쟁도 벌이지만, 따뜻한 위로도 주고받는, 한 마디를 하면 한 마디로 알아듣는 그런 소통의 기쁨 같은. 그것은 성숙한 인간끼리의 교류였다. 이렇듯 잡지에나 나올듯한 테크닉만을 늘어놓는 경연장이 아니었다. 인간은 기계가 아니니까 같은 부위를 같은 압력으로 애무한다 할지라도 그 느낌은 환희에서 혐오까지 다를 수 있었다.

그러나 그건 그때의 생각이었다. 지금 윤은 고개를 젓는다. 아닐지도 몰랐다. 그건 자신처럼 미지근한 피를 가진 여자들이 갖는 섹스에 대한 저급한 이해인지도 몰랐다, 고상함을 가장한. 그때 자신은 마음에만 너무 큰 무게를 두었다. 몸의 목소리에는 귀를 열지 않았다. 피가 뜨거운 여자늘이 든는다년 아무 것도 모르는 어린아이를 보듯 미소 지을 지도 몰랐다. 욕조의 물이 차자 윤은 옷을 벗고 몸을 담갔다.

기호는 늙은 내 몸을 어떻게 받아들일까? 윤은 가만히 제 몸을 물속에서 쓰다듬어 보았다. 한때는 아름다웠을 그 몸은 이제 탄력을 잃어가고 있었다. 예전 같으면 자존심 때문에라도 보이기 싫었을 몸, 하지만 윤은 자신이 그런 걸로 부끄러워할 만큼 젊지 않으며, 기호의 생각에 좌지우지 당할 만큼 그에게 의존하지도 않는다는 것을 깨달았다. 그냥 그를 하룻밤 만나는 것뿐이다. 아마도 이 생에서 그를 다시 만나는 일은 없을 것이니 마지막 인사처럼 편안히 재미있게 놀면 그만이다. 누구나 늙지 않는가? 늙지 않는 몸이란 썩지 않는 몸처럼 잔인할 뿐이다. 그래도 윤은 불을 끄기 전에는 옷을 벗지 않으리라 마음을 먹는다.

저녁이 이슥해서야 기호는 약수터 식당 앞에 도착했다.

"별로 안 변했네, 당신."

기호는 차에서 내리자마자 윤을 껴안으며 이마에 입술을 댔다. 십년이 넘는 세월동안 자기만 기다리고 있는 여자라도 찾아준 듯한 제스처였다. 말투 또한 단박에 예전의 반말로 돌아갔다.

"넌 많이 변했는데, 이제 어딘가 아저씨 티도 좀 난다."

윤은 웃으며 대꾸했다. 몸에 살이 좀 붙기는 했지만 기호는 젊은 날의 풋기가 가서 오히려 더 매력적이었다. 그는 조금도 주저하지 않고 윤의 어깨에 팔을 두르며 식당 안으로 들어갔다.

"웬일이니? 이렇게 갑자기?"

윤의 질문에 기호는 말없이 그녀를 바라보기만 했다. 백열전구 하나만 달랑 매달린 조명이 윤은 다행스러웠다.

"뭘 그렇게 쳐다 봐? 늙은 여자 처음 보니?"

"안 늙었어, 생각보다."

"생각보다? 후후, 네 생각 속에서 난 완전 노파가 되어있었나 보지?"

"어느 정도는. 그래도 당신은 어딘가 다를 거라 여겼어."

"그 말은 기분 좋네. 하여튼 반가워."

"혹시 그 사이에 결혼이라도 했어? 소문은 못 들었는데…."

"애인은 있어."

"그럼 나 오늘 여기서 못 자고 가는 거야?"

"넌 결혼했잖아? 그럼 너도 여기서 못 자고 가겠네."

기호가 픽 웃었다. 그런 시답잖은 농담을 하는 사이 푸르스름한 국물의
백숙이 동그란 양철 상에 받쳐져 나왔다.

술이 몇 순배 돌자 윤의 마음도 많이 풀렸다. 윤은 능치듯이 물었다.

"정말 갑자기 왜 연락한 거야? 혹시 하던 사업이라도 망했니? 일본 소설
중에 그런 게 있거든. 옛날의 젊은 남자가 늙어버린 옛날 여자한테 돈 뜯으
러 나타나는. 철늦은 국화라고."

"뜯길 돈이나 있으시나? 흐흑, 철늦은 국화, 좋네. 철 늦은 국화 향기가 더
진할 수도 있잖아? 정말로, 갑자기 보고 싶어졌어. 살다가 그런 날이 있잖아?
마흔이 넘으니까 사는 게 좀 그럴 때가 있더라구."

마흔이 넘으니까… 이 남자는 이제야 마흔을 넘었다. 그를 만났던 그 오
래 전에도 윤은 이미 마흔을 넘어 있었네. 그가 넘어야 힐 인생의 언덕이
까마득했다. 윤은 혼자 클클 웃었다. 삶이란 농담하기를 얼마나 즐겨하는지.

"왜 웃어?"

"너무 좋아서 웃는다."

"뭐가 좋아서 웃는데?"

"조금이라도 젊을 때 씨앗을 잘 뿌려 놨다 생각했어. 그러니까 이렇게 가
을에 낟알이라도 하나 주울 수 있잖아? 너 같은 영계가 제 발로 찾아오고 말

이야."

"이런! 세월이 흐르긴 흘렀네. 당신이 그런 말을 다 하고! 술에 취하지 않으면 나한테 안기지도 못하던 사람이."

"후후, 내가 그렇게 내숭을 떨었던가?"

말은 그렇게 하면서도 윤은 잘 기억하고 있었다. 술에 취하지 않고는 그를 받아들일 수 없었던 그날들, 고장 난 축음기처럼 머릿속에서는 우리가 왜 만나야 하는가란 질문만이 끊임없이 돌고 돌던 시간들, 그 질문을 틀어막기 위해 퍼부어 넣던 알코올, 의미 없는 것들에 대한 경멸이 육체까지도 옥조이던, 아직은 젊었던 날들, 의미 없는 것들이 가지는 소중함에 대해서는 조금도 몰랐던.

기호가 윤의 소주잔을 채워주며 말했다.

"당신은 내 사랑을 늘 안 믿어주었지. 자기 마음도 꽁꽁 동여맨 채 안 풀었잖아? 당신을 만날 때면 늘 외로웠어. 나 혼자 벽에다 머리를 찧는 느낌이었달까."

윤은 기호가 그런 식의 느낌을 가졌으리라곤 한 번도 생각한 적이 없었다.

"혼자 젊은 척은 다 해놓고, 무슨 딴 소리야? 늙은 여자 만나준다고 유세 떨던 게 누군데?"

"하하, 내가 그랬지. 당신 앞에 내가 내세울 게 뭐가 있었어? 나이 젊은 것 말곤 아무 것도 가진 게 없었잖아?"

"부인은 어떤 여자야?"

진지해지는 분위기가 부담스러워 윤은 말머리를 돌렸다.

"일단 어리고! 어때, 기죽지?"

기호는 당장 장난스럽게 대꾸했다.

"내 애인도 나보다는 어려. 어린 게 무슨 자랑이야? 사람이란 자고로 원숙해야지."

"그래, 그 말도 맞네. 하여튼 어린 것만 빼곤 나무랄 데가 없어. 예쁘고 착한 좋은 여자야."

"이제 보니 나한테 자랑하러 왔구나."

"그런지도 몰라. 당신한테 내 삶을 인정받고 싶었달까."

문득 윤은 모리스를 떠올렸다. '예쁘고 착한 좋은 여자'라는 표현은 모리스가 몇 안 되는 아는 한국말로 자신의 아내를 묘사하던 말이었다. 한국말이 서툰 모리스와 전형적인 대한민국 중년 남자인 기호의 표현이 짜고 말하기라도 한 듯 똑같다는 게 묘했다. 모든 남편들의 아내는 다 예쁘고 착한 좋은 여자인가. 아마도 그건 아내한테 미안한 남편들이 쓰는 관용구인지도 몰랐다.

기호와 말을 나눌수록 윤은 자신의 말투가 장난스럽거나 냉소적인 데서 한 발자국도 나가지 않는다는 것을 깨달았다. 어쩌다 그가 지난날에 대해 조금이라도 진지하게 밀을 꺼내려하면 그녀는 바리케이드라도 치듯 그 말을 막았다. 이상한 일이었다. 외국인인 모리스와 이야기할 때는 말이 잘 통하지 않는데도 늘 진지한 말만을 주고받았던 윤이었다. 영어와 일어와 몸짓을 섞어 나누는 그 기묘한 대화는 어쩐지 안도감을 주었다. 그것은 누구도 들어올 수 없는 장막 안에서 나누는 이야기처럼 비밀스럽고 편안했다. 외국어로 말한다는 자체가 절대 새어나가지 않을 장치처럼 안도하게 하는 힘을 지니고 있었다. 동양학을 전공한 캐나다 남자인 모리스는 아내와 함께 일본으로 건

너와 살고 있었다. 한국에 특강을 하러 왔을 때 우연히 윤과 자리를 함께 하게 되었고, 그길로 두 사람은 벌써 8년째 인연을 이어오고 있었다. 자료 조사니 연구니 하는 핑계를 대고 그는 두어 달에 한 번씩은 한국을 찾았고, 그 정도의 관계가 그녀는 가장 좋았다. 아무 것도 구속하지 않으면서도 자기를 아끼고 사랑해주는 사람이 있다는 것, 일상이 끼어들지 않는 증류수 같은 연애 감정이 좋았다. 방학 때 모리스가 한국에 와서 2주 가까이 머물 때면 그녀는 숨이 막히고 목이 졸리는 것만 같았다. 모리스는 숙소도 호텔을 사용했고, 하루 종일 붙어 있는 것도 아닌데, 무엇보다 모리스를 진심으로 사랑하고 있는데도 그랬다. 어떻게 자기 같은 여자가 결혼 생활을 그만큼이라도 해냈는지 신기할 따름이었다.

삼 년쯤 사귀었을 무렵, 모리스가 말했다. 나, 당신이랑 결혼하고 싶어. 윤은 장난스럽게 응수했다. 나랑 또 하면 중혼죄에 걸려. 이혼하고 하면 되잖아? 그럼 당신이랑 섹스를 못하게 될 텐데? 그게 무슨 말이야? 봐, 당신이 이혼하고 나와 결혼하면 가족이 되잖아? 그런데 가족끼리 섹스를 하면 근친상간이 된다구! 그건 당시 유행하던 우스갯소리였다. 무슨 말인지 못 알아듣고 멍하니 있던 모리스는 한참 뒤에야 웃음을 터뜨렸다. 윤은 계속 농담조로 말했다. 당신이 행복한 결혼 생활을 하는 게 좋아. 내가 그것에 일조한다면 더욱 좋고. 그 대신 당신 아내랑 내가 동시에 물에 빠지면 나 먼저 건져야 돼. 말은 그렇게 하면서도 윤은 그런 따위를 바라지 않았다. 그런 일이 생긴다면 모리스는 분명 자신의 아내를 건질 것이다. 그녀는 그의 아이들의 어머니고, 무엇보다 가족이니까. 그 점에 대해 그녀는 조금도 서운하지 않았다. 누군가와 얽혀있지 않은 데 대한 감정에 쓸쓸함이 조금이라도 묻어있었던 건 그래도 젊은 날의 일이었다. 지금 그것은 홀가분함일 뿐이었다. 언제라도 힘들여 풀 매듭 없이 홀연히 사라질 수 있는.

그 뒤로 모리스는 더 이상 결혼 얘기를 꺼내지 않았다. 윤은 지금의 생활에서 더 이상 바라는 것이 없었다. 모리스는 다정한 남자였고, 꾸준히 그녀를 만나러 왔다. 가끔은 그녀가 일본으로 가기도 했다. 모리스가 다른 여자를 만나는지는 알 수 없었다. 다른 여자라면 이미 아내가 있으니, 또 다른 여자가 있다 한들 무엇이 다르겠는가. 그것은 그녀 또한 마찬가지였다. 지금처럼 다른 남자를 만나는 일에 대해 아무런 마음의 부담이 없었다. 어쨌든 두 사람은 만나고 싶어서 만난다. 그것만이 진실이다. 둘 중의 누구라도 만나는 게 지겨워지면 그 만남은 깨질 것이다. 젊은 날이었다면 이런 것이 무슨 사랑인지, 애면글면했으리라. 나이가 들수록 연애란 것의 비중이 삶에서 줄어든 탓인지도 모르겠다. 젊은 날 연애가 삶의 정찬이었다면 지금 윤에게 연애는 있으면 더 좋은 디저트일 따름이었다. 그리고 그녀는 연애를 디저트로만 먹고 싶었다.

샤워를 끝낸 기호는 알몸으로 나온 채 헌팅캡을 깊이 들어 머리에 얹고는 모델처럼 몸을 빙그르르 돌렸다. 몸에 실 한 오라기 걸치지 않은 젊은 남자가 헌팅캡 하나만을 쓰고 서있는 모습을 보자 윤은 가방 속에 넣어둔 라이카 MP를 꺼내들고 싶은 욕망으로 손가락이 근질거렸다. 젊은 시절에는 빈약할 만큼 말랐던 몸이 이제는 어느 정도 살이 붙었지만 기호의 몸은 아직도 철들지 않은 남자의 이기적이고도 미성숙한 냄새를 풍겼다. 그 풋풋함이야말로 윤을 끌어당겼다. 무엇보다도 헌팅캡이 좋았다. 알몸의 남자가 유일하게 걸치고 있는 그것은 기가 막히게 도발적인 소도구였다. 좋은 피사체를 만났을 때의 흥분이 그녀를 달아오르게 했다. 흑백으로 찍어야 해, 저건 분명 흡입력이 강한 사진이 될 텐데.

윤, 내 몸 어때? 더 섹시해졌지?

그녀의 눈에 스민 흥분을 제 맘대로 해석한 기호는 들떠보였다. 마른 체격이 콤플렉스였던 그로서는 중년이 되어 살이 좀 오른 자신의 몸이 자랑스러운가 보았다. 아마도 욕실에서 거울을 통해 제 몸을 보고 으스대고 싶은 천진한 욕망에 사로잡혔으리라. 윤은 누운 채 이불을 더 끌어 덮으며 말했다.

너무 섹시해서 까무라치겠어.

윤의 말이 끝나기가 무섭게 기호는 모자를 벗어던지며 이불 속으로 파고들어왔다. 그러더니 그는 윤이 목까지 끌어올려 덮고 있던 이불을 홱 벗어제쳤다. 예전에도 그는 그런 짓을 잘 했다. 그녀가 싫어하는 걸 알고는 더욱 짓궂게, 일부러 햇살이 환히 비치는 대낮에 억지로 그녀를 눕혀 놓고 옷을 벗기곤 했다. 그런 무방비 상태로 벗은 몸을 보이기 싫어하는 그녀의 마음을 그는 심술궂게 놀리는 것이었다. 완력으로는 당할 수 없는 젊은 남자의 힘 앞에 그녀는 얼마나 무력한 치욕감에 이를 갈았던가. 그러면 그는 악동처럼 히죽거리며 놀려대곤 했다. 남자가 이런 모습에 얼마나 흥분하는지도 몰라? 이 바보, 왜 그렇게 남자 마음을 몰라?

그런 식으로 일을 치르고 나면 윤은 그가 배려라고는 없는 난폭한 남자로만 여겨졌다. 하지만 지금은 그렇지 않았다. 그런 방식을 남자답다고 굳게 믿었던 기호나 그런 일에 모욕을 당했다고 치를 떠는 자신이나 지금의 윤에게는 다 애틋하게만 여겨질 뿐이었다. 그래도 시골 여관방의 희미한 조명이 정말 다행이라는 생각만은 여전히 들었다.

오우, 생각보다 안 변했는걸. 자기, 아직도 괜찮아. 이 정도면 예순 다섯까지는 남자를 꼬시겠어.

또 '생각보다'란 말에 윤은 다시금 웃음을 흘렸다. 이게 이 남자의 어법이었다. 예전의 그녀라면 이런 사탕발림 속에 든 본질적인 무시에 발끈했을 터였겠지만 지금의 그녀는 달랐다. 윤은 살아온 생에 감사했다. 기호와 같은 젊음을 건너온 삶이었다. 제 몸 속에는 어린 윤부터 젊은 윤, 늙어가는 윤이 다 깃들어 있다는 것을 알았다. 이만큼 살았으니 자연스레 늙어가는 것도 좋았다. 그러자 이전에는 반발만 느꼈던 기호의 모든 것이 애잔하게 느껴졌다. 그는 마흔넷의 장년의 사내가 아니라 여전히 갓 서른의 아릿한 청년으로 돌아왔다. 기호의 어법이 그대로였듯 기호의 섹스 방식도 여전했다. 그는 달라진 것이 거의 없었다. 그는 그런 방식으로 여자를 휘어잡고 그 승리감에 들떠 살아왔으리라.

달라진 것은 윤이었다. 젊은 날과 흡사한 기호의 방식이었지만 그녀의 마음이 달리 반응했다. 그러자 기호와 싸움처럼 만났던 그 이태 동안 단 한 번도 열리시 않은 채 동의매저 있던 이떤 입구 하니가 활짝 열리는 게 느껴졌다. 윤은 그 열린 문을 통해 기호를 받아들였다. 그와 만났던 시간 이후 처음으로, 어쩌면 기호는 그때 정말로 자신을 사랑했던 것인지도 몰랐다. 윤 역시 그를 진심으로 사랑했던 것인지도 몰랐다. 단지 몰랐던 것이다, 그들은. 아직은 젊었기에 자신들의 사랑이 사랑인 줄도 몰랐다. 그저 서로를 정복하고 싶어 하거나 정복당하지 않으려고 안달했을 뿐.

지금 여기 있는 그들도 지금의 자기들이 아니라 과거의 자신들인지도 몰랐다. 그들은 십여 년의 세월을 거슬러 과거의 기억을 수정했다. 두 사람은 모든 것을 분출했고, 모든 것을 받아들였다. 그런 뒤 그들은 혼곤한 잠에 빠져들었다. 잠들기 전 윤은 희미하게나마 기호가 왜 자신을 이제라도 찾아왔는지를 이해했다. 이태의 시간을 들어서도 한 순간도 만나지 못했던 그들의 미련이 이렇게 시간을 넘고 넘어 지금 여기, 이 시골의 허름한 여관방 한 귀퉁이로 두 사람을 불러 모은 것이리라.

그때 윤은 어디선가 찰칵, 하는 소리가 울리는 것을 들었다. 단두대의 칼이 떨어지듯 그 순간을 내리치며 잘라내는 소리. 윤은 이 순간이 자기 생의 이어진 흐름 속에서 도막내지는 것을 느꼈다. 흘러가 사라지는 생(生)의 시간 속에서 이 순간은 도막내 건져졌다. 비록 사진으로 찍지는 못했지만 그녀의 마음속에는 한 장의 사진이 각인될 것이다. 그리고 그 사진은 초점이 흐려 못쓰게 된 것이리라. 그것을 누른 자의 손길이 태연하지 못했으므로.

기호의 품에서 뒤척이다 눈을 떴을 때 윤은 어둠 속에 무엇인가 푸르스름한 빛이 흐르는 것을 보았다. 기호가 깨지 않게 살며시 몸을 뺀 윤은 일어나 창가로 다가갔다.

검은 능선 위로 달의 한 조각이 떠있었다. 만월을 동그랗게 만들려다 잘라낸 자투리 같은 달의 한 조각, 여명의 빛이 스며 푸르스름하게만 느껴지는 처연하고 애달픈 달의 한 조각이 거기 떨어져 있었다. 그믐달이었다. 검은 밤하늘 가운데 푸르스름하게 떨고 있는 가느다란 그것은 쳐들었다 차마 찌르지 못하고 내려놓은 비수처럼 보였다. 늠름하고 우람한 검은 능선 위에서 그 달의 한 조각은 가냘프게 미소 짓고 있었다. 이제 막 뜬 달, 아무도 깨어나지 않은 이 시간에 홀로 떠오른 그 달이 이 넓은 하늘 한 가운데에 누구의 시선도 받지 않은 채 고요히 잠겨 있었다.

　방바닥은 절절 끓고 있었지만 웃풍이 센 시골 여관답게 맨몸에 닿는 공기는 오싹했다. 윤은 잠시 몸을 움찔했지만 오히려 그 차가운 공기가 그녀 속의 어떤 부분을 벼리는 느낌이 들어 상쾌했다. 기호는 가볍게 코를 골며 잠들어 있었다. 가늘고 긴 그의 몸은 어느새 끌어다 덮은 이불자락으로는 채 덮이지 않아, 몸처럼 길고 가는 두 발이 그대로 드러나 있었다. 윤은 이불 더미에서 담요 한 장을 꺼내 기호의 그 가늘고 긴 발을 덮어주었다. 처음 기호의 목에 베개를 베어주던 기억이 겹쳐졌다. 기호는 담요가 닿는 촉감에 잠깐 뒤척이더니 고대 잠이 들었다. 기호의 발을 덮어주고 나자 갑작스레 한기가 몰려왔다. 윤은 벽에 걸린 숄을 걸치고 다시 창가로 다가갔다.

　얼마를 그렇게 바라보고 서 있었을까. 서서히 능선께가 환해졌다. 서리 내려 희끗희끗한 들판과 빈 가지들만 남은 감나무와 그 위에 매달린 주홍빛 까치밥이 제 모습을 드러냈다. 저 멀리 누렇게 물든 이깔나무 숲도 그제야 눈에 들어왔다.

　이제 누가 버린 늦한 그 날의 소삭은 너 사늘어저 보였다. 가느다린 달 조각은 점점 더 희미해지더니 퍼지는 햇살에 묻혀 가뭇없이 사라져버렸다. 하늘 한가운데서 문득 사라져버리는 달. 보이지 않는 저 달은 이 넓고 긴 하늘의 남은 행로를 누구의 눈길도 받지 않은 채 홀로 흘러가야 하리라.

　몸을 돌려 내려다보니 어린 그 남자는 꿈속에서 무언가 맛있는 것을 먹는지 입을 다셨다. 윤은 따스한 남자의 품 안으로 스며들듯 기어들었다. 어디선가 까마귀가 울기 시작했다.

삭월(朔月)

이제 달은 밤하늘에서 사라져 보이지 않는다.
그러나 달은 땅 밑의 씨앗처럼 어둠 속에서 자신을 조금씩 채워가는 중이다.
초하루와 초이틀의 삭월의 시간.
달의 마지막 모습인 삭월은 또한 달의 시작의 시간이리니
삭월의 항구를 지나면 곧 새로운 달이 떠오르리라.

문주란

택시가 한적한 어촌으로 막 들어설 때였다. 어느 새 3만 원을 넘어선 미터기에 신경이 곤두서 있는 내 눈앞에 돌연히 양 갈래의 하얀 길이 나타났다. 길을 따라 떼 지어 서있는 것은 놀랍게도 문주란이었다. 소복을 입은 조그만 여인들이 도열해 있는 것만 같은 그 풍경은 퍽도 낯설었다. 문주란은 시골 길에 무더기로 피는 꽃이 아니었다. 도자기 화분에 담긴 채 호텔 로비나 화려한 거실에 놓여있어야 어울리는 꽃이었다. 낮꿈을 꾸는 것만 같았다.

저 앞에 보이는 섬이 토끼섬이에요, 우리나라에서 유일한 문주란 자생지죠.

택시 기사가 턱짓을 하는 방향으로 하얀 모자를 쓴 듯한 작은 섬이 보였다.

아, 자생지군요.

납득이 갔다. 자생지라면 문주란도 떼 지어 필 수 있겠지.

어머니도 끼어들었다. 문주란은 가수잖냐? 요새는 뭐하고 사나 몰라. 옛날엔 정말 날렸는데. 어머니는 곧장 문주란의 히트곡을 부르기 시작했다. 너무나도 그 님을 사랑했기에 그리움이 깊어서 사무친 미움 원한 맺힌 마음에 잘못 생각에 돌이킬 수 없는 죄 저질러놓고 흐느끼면서 울어도 때는 늦으리 이이이이 때는 늦으으으리.

거침없이 뽑아대는 어머니의 노래에 운전하던 기사가 허허, 웃었다.

'동숙의 노래', 나도 알고 있는 노래였다. 노래 제목의 '동숙'을 나는 오랫동안 '같이 산다'는 뜻으로 짐작했는데, 알고 보니 그것은 어떤 여공의 이름이었다. 자신을 배신한 남자를 칼로 찔러 살인죄로 수감된 실제 여인의 이름이 동숙이라고 했다.

일부러 찾아온 곳이 아니었다. 황금연휴로 예약이 힘들어 빈방을 찾다가 간신히 구해온 곳인데, 문주란 자생지라니 그나마 반가웠다. 택시가 숙소에 도착했을 때 미터기는 기어코 4만원을 넘었다. 차에서 내려 보니 빈말로도 펜션이라곤 부를 수 없는 허술한 건물 한 채가 거기 서있었다. 예상외의 택시 요금에 바가지 숙박료까지 떠올라 나는 다시금 짜증이 솟았다. 어머니나 나나 매인 직장도, 길러야할 어린 자식도 없는 몸이었다. 평일에도 얼마든지 운신이 가능한데, 굳이 광복절에 주말이 이어지는 이때에 사람들이 다 놀려드는 제주도에 가자고 졸라댈 건 무어란 말인가.

입구의 관리실에서 키를 받으면서 나는 다음날 조식부터 부탁했다. 조식은 전날 주문해야 한다고 예약 사이트에 적혀 있었다. 혈압 약을 먹기 위해 어머니는 아침 식사를 제대로 해야만 했다. 이 구석의 숙소를 택할 때, 1층에 식당이 있다는 사실은 큰 장점이었다. 그런데 뜻밖의 답변이 돌아왔다.

요즘 제가 몸이 안 좋아서 식당은 운영하지 않아요.

관리실의 여자는 몸이 아픈 듯 얼굴까지 찡그렸다. 가까운 마트만 가려해도 차를 타고 나가야 되는 곳이었다. 식당만 믿고 다른 준비는 해오지도 않았는데.

허탈한 심정으로 어머니 것까지 두 개의 트렁크를 양손에 들고 계단을 올랐다. 엘리베이터가 없는 건물이라 방은 2층을 택했다. 방문을 여니 의외로 넓은 방이 나왔다. 칙칙한 시트지가 발린 싸구려 합판 가구들이 홍수에 떠밀려온 물건들처럼 서로 어울리지 않은 채 겉돌고 있었다.

그러나 베란다에 나서니 앞바다가 와락 달려들었다. 나는 모든 불만을 잊었다. 온몸의 긴장이 풀렸다. 아침의 사고가 혹시 불길한 전조가 아닌가 하는 우려가 내내 나를 조이고 있었던 모양이었다.

어머니와 나는 공항에 함께 가기 위해 고속터미널 전철역에서 아침에 만났다. 남동생이 출근길에 어머니를 모시고 나왔다. 동생과 헤어진 뒤 우리는 에스컬레이터에 올랐다. 어머니가 먼저 타고, 나는 바로 아래 계단에 올랐다. 중간쯤 올라갔을 때였다. 무슨 생각에선지 어머니가 갑자기 에스컬레이터 계단을 올라가려고 발을 디뎠고, 그러자마자 휘청하더니 뒤로 넘어지고 만 것이었다. 그 바람에 나는 트렁크들과 함께 쓰러지며, 어머니의 육중한 몸에 깔리고 말았다. 어머니는 비명을 지르며 몸을 버둥거렸다. 나 역시 몸을 일으키기 위해 온 힘을 다했지만 에스컬레이터가 계속 돌고 있었기 때문에 상처만 입을 뿐 몸이 일으켜지지 않았다. 가위눌린 듯 꼼짝을 할 수 없는 상황에서 나는 늙은 어머니에게 무슨 변이라도 생기는 게 아닌가 싶어 머릿속이 하얘졌다.

다행히 어머니의 비명 소리에 동생이 부리나케 달려왔다. 하지만 그 역시 에스컬레이터가 계속 돌아가니 어머니를 일으키는 일이 쉽지 않았다. 어찌 어찌하여 간신히 어머니를 일으켰고, 동생이 나를 일으키는 동안 주위 사람들이 달려와 어머니를 도와주었다.

정신을 차리고 보니, 에스컬레이터 아래쪽에 붉고 커다란 스위치가 있고, '위급시 정지 버튼을 누르시오'라는 말이 쓰여 있었다. 그거 하나 눌렀으면 될 일이었는데, 경황도 없었고, 그런 게 있는지도 몰랐다. 에스컬레이터에는 우리만 타고 있어 더 이상의 사고가 없었던 게 그나마 다행이었다. 어머니는 머리에 찰과상을 입었고, 나는 반바지를 입었던 탓에 무릎이 깊이 패여 피가 흘렀다. 약국으로 가서 소독약과 붕대를 사서 임시 처치를 했다. 불안해하는 동생에게는, 액땜했으니 걱정 말라고 달래서 겨우 등을 떠밀어 보내고, 우리는 공항으로 갔던 것이다. 입으로는 액땜을 얘기했지만 '전조'일 수도 있다는 생각이 마음 한 구석엔 있었나 보았다. 시절이 그랬다. 온 세상에 흉흉하고 불길한 기운이 가득했다.

어머니와 나는 밖으로 나가 숙소 앞 바닷가를 산책했다. 물빛이 맑고 안온했다. 밀가루처럼 입자가 고운 모래가 펼쳐진 백사장은 희고 아득했다. 조금 걸어 나가니 작은 포구도 보였다. 나는 포구까지 가보고 싶었지만 어머니가 배고프다고 재촉을 했다. 숙소 앞으로 돌아와 콜택시를 불러놓고, 우리는 셀카봉까지 들고 사진을 찍으며 애들처럼 놀았다. 언제 나타났는지 바다 위에 헬리콥터가 맴돌고 있었다. 나는 아무 생각 없이 헬리콥터를 바라보았다. 제주도니까 헬리콥터도 날아다니겠거니 여겼다. 그런데 숙소에서 아주머니가 황급히 뛰쳐나오는 모습이 보였다. 무슨 일이 있냐고 물을 새도 없이 아주머니는 우리를 본체만체 스쳐 지나갔다. 몹시 당황한 모습이었다. 마침 택시가 와서 우리도 차에 올랐다. 해녀식당으로 가 주세요, 방안에 놓인 광고지에서 본 식당 이름을 댔다. 후쿠시마 원전 사고 뒤로는 방사능에 오염되었다고 그리 좋아하던 생선을 입에도 대지 않던 어머니가 어쩐 일로 오늘은 회를 먹겠다고 한 것이다.

출발하는데, 기사가 물었다.

무슨 사고 났어요? 119랑 해경이 잔뜩 왔네.

그러고 보니 아까 아주머니가 걸어가던 방향에 사람들이 모여 있었다. 구급차와 경찰차들도 와 있었다. 어머니가 말했다.

무슨 일이냐? 차 세우고 보고 가자.

기사는 어머니 말을 무시한 채 덧붙였다.

누가 물에 빠졌나 보네요, 해경이 온 걸 보니.

그 말을 듣자 명치끝에 뭐가 걸린 듯 통증이 왔다. 택시는 금세 그곳을 통과했다.

죽었지, 죽었어.

어머니의 말에 나는 화들짝 놀라 왜 그런 불길한 말을 하냐고 역정을 냈다. 그래도 어머니는 고집스럽게 계속 그 말을 중얼거렸다. 백미러로 넘겨보던 기사가 어머니냐고 물었다. 그렇다고 했더니, 며칠 마음 비우고 봉사해서야겠네요, 하는 것이었다. 귀가 나쁜 어머니는 그 말을 새겨듣지 못했고, 나는 기분이 나빠 입을 다물었다.

어머니는 작년이 팔순이었다. 칠순도 별다른 잔치 없이 지냈던 터라 팔순 때는 어머니의 친구와 형제들이라도 초대해 작은 잔치를 열 작정이었다. 그런데 어머니는 뜻밖에 팔순 생일 한 달 전에 암 진단을 받고 수술을 받았다. 암은 지극히 초기여서 걱정할 건 없다고 했지만 아픈 사람은 잔치하는 게 아니라고 어머니가 단호히 말하는 바람에 잔치는 하지 않고 식구들끼리 모여 조촐하게 밥만 먹었다. 그랬던 터라 올해 생일이 다가올 때 어머니가 답답하다며, 당장 제주도라도 가자고 조를 때, 급한 마감이 몇 개나 있었지만 나는 응하지 않을 수 없었다.

식당에 들어서자 우리는 약속이라도 한 듯 방금 본 불길한 사건에 대해서는 함구를 하였다. 그 자리는 어쨌든 생일 축하자리였으니까. 회 정식을 주문했더니 생선으로 할 수 있는 요리는 다 나왔다. 구운 생선, 끓인 생선, 튀긴 생선, 날생선. 백세주도 곁들였더니 어머니는 그동안 못 먹은 생선을 찾아먹듯이 한 가지도 마다 않고 맛있게 들었다.

출발부터 이상했던 여행이었는데 도착하자마자 또 바로 옆에서 누군가 사고를 당했다. 어쩌면 죽었을지도 모른다. 우리가 사진 찍고 웃으며 놀던 바로 그 옆에서. 그 생각은 머릿속을 계속 맴돌았고, 마음 밑바닥엔 불안이 스멀거렸다. 어머니도 비슷했으리라. 우리 모녀는 아무 일도 없었던 것처럼 오직 생일만을 축하하며, 즐겁게 먹고 마셨다. 어머니가 꼭 봐야 된다고 몇 번이고 다짐을 준 주말 드라마 시간이 아니었으면 노래방까지도 내처 갔을 것이다.

배부르게 먹은 다음 근처 마트에서 간단히 장을 봐서 다시 택시를 불렀다. 택시에 오르자마자 어머니는 금기가 풀리기만을 기다렸던 사람처럼 그 사이 봉인되었던 화제를 꺼냈다. 기사도 그 소식을 알고 있었다.

아직 못 찾았대요. 놀러왔던 대학생이 술 마시고 바다에 들어갔던가 봅 다.

어머니가 또 다시, 그럼 죽었지, 죽었어, 하는데도 이번에 나는 그 말을 막 지 못했다. 돌아오니 관리실 불은 꺼져 있었다. 수색하던 차들도 보이지 않 았다.

방에 들어서자마자 어머니는 외출복 그대로 텔레비전 앞으로 의자를 바 짝 갖다 붙였다. 원래도 고도근시인데다 몇 년 전 망막수술을 한 뒤로 눈이 거의 보이지 않는 어머니는 화면에 코를 박듯 가까이 앉아야 했다. 거기다 어릴 때 중이염으로 한쪽 고막을 잃고, 나이 들어 남은 귀의 청력마저 약해 진 터라 볼륨도 엄청나게 높여야 했다. 어머니가 틀어놓은 TV 소리에 아파 트 위층 남자가 내려와 현관문에 발길질을 하며 소리를 지른 적도 있었다. 어머니는 겁이 나서 문도 못 연 채, 내가 귀가 잘 안 들려서 그래요, 죄송해 요, 하고 울먹이며 말했다고 했다. 자식들은 보청기를 주장했지만 어머니는 늘 거부했다. 보청기를 끼면 온 세상에 대고, 자신이 귀가 어두운 사람이라 고 말하는 거고, 당장에 노인네로 보인다는 이유였다. 아니, 칠순도 넘은 노 인네가 아무리 젊어 보여도 노인네지. 말 못 알아듣는 게 훨씬 더 노인네 같 다는 건 몰라? 엄마, 요새는 젊은 애들도 다 이어폰 끼고 다녀. 보청기도 이 어폰으로 보인다고. 그리고 이젠 엄마 귀 어두운 게 흉이 아니야. 나이 들면 일어나는 자연스런 일이라고. 내가 아무리 말해도 소용없었다. 누구에게도 지기 싫어하고, 자존심이 센 어머니는 당신의 한쪽 고막이 없다는 사실을 자신의 남편한테도 20년 가까이 숨겼다.

그때 그 수술만 안 받았으면 니 아버지도 모르고 가셨을 건데. 어머니는 가끔 그런 얘기를 했다. 어머니가 40대 초반 때 자궁외임신이 된 걸 확인 못한 채 의사가 낙태수술을 한 적이 있었다. 그날 밤 어머니는 구급차에 실려 갔다. 수술실 밖에서 외할머니가 울면서, 저 가엾은 것, 어릴 때 그 위험한 수술 받고도 살아났는데, 하면서 그 사실을 아무렇지도 않게 뱉는 바람에 아버지도 알게 된 일을 말하는 것이었다. 페니실린도 없던 그 시절, 일곱 살짜리 아이에게 중이염 수술은 목숨을 건 수술이었다. 아버지는 그 뒤로 어머니를 자주 놀렸다. 홍 여사, 귀 한쪽 안 들리는 거 모르고 장가왔는데 반품해야 되는 거 아닌가.

어머니에게 그 사실은 커다란 콤플렉스였기에 악착같이 숨겨야 했던 일이었다. 아버지가 안 뒤로도 자식들은 몰랐다. 가끔 어머니가 말을 못 듣거나 엉뚱한 대답을 할 때도 있었지만 아무도 어머니 귀를 의심하지는 않았다. 내가 결혼하고도 한참 뒤 어머니가 당신 입으로 그 사실을 말해주기 전까지 큰딸인 나조차도 그 사실을 몰랐다. 어머니로서는 살아오며 피나는 노력으로 지켜낸 비밀을 이제 와서 포기할 수는 없었던 것이다.

나는 어머니 옆으로 의자를 끌어당겨 앉은 채 리모컨으로 음량을 조절해 주었다. 연기자들이 소리를 지르면 음량을 줄이고, 소곤거리면 음량을 늘렸다. 드라마 속에서는 친자 확인을 위해 유전자 감식을 하러 가고 있었다. 아직도 출생의 비밀이 위세를 떨치고 있었다.

이즈음 어머니의 가장 큰 즐거움은 드라마였다. 눈이 보이지 않아 책도

읽을 수 없게 되었고, 자막을 읽어야 하는 외국 영화는 아예 볼 수도 없었다. 그런 자신을 드러내는 게 싫어서 어머니는 친구들하고도 전화만 할 뿐 동창회에도 발길을 끊었다. 심심한 어머니는 하나 있는 딸인데다 이혼을 했고, 글 쓰고 번역하는 일을 하고 사는, 어떤 면에서 자유로운 나만을 계속 찾았다. 그 자유라는 건 이를테면 야생의 벌판에서 홀로 날마다의 양식을 구해야 하는 재규어나 하이에나의 자유와 다를 바 없는 것이었지만 거기까지는 생각이 미치지 못했다.

시간을 내는 게 너무 힘든 나는 가끔 짜증을 부렸다. 엄마가 무슨 영화배우야? 늙는 게 뭐가 부끄럽다고 친구들도 안 만나? 나이 들면 늙는 게 당연하지. 늙으면 귀도 안 들리고, 눈도 안 보이는 거고. 이제 오히려 엄마는 더 떳떳해. 다들 엄마가 늙어서 그런 거라고만 생각할 거라고.

드라마라도 대충은 볼 수 있다는 게 얼마나 다행인지 몰랐다. 어머니는 아이들처럼 드라마를 현실로 받아들이며 설레어하고, 흥분하고, 분노했다. 어머니가 가장 좋아하는 드라마는 사람들이 막장드라마 작가라고 비난하는 K 작가의 작품이었다. 어머니는 그의 드라마를 무슨 일이 있어도 챙겨 보았고, 드라마를 본 날이면 친구나 친척의 소식을 전하듯 전화를 걸어 흥분과 감동을 전했다. 진짜 잘 만든 드라마야, 어쩜 그렇게 재미있니, 너도 저렇게 드라마 작가면 얼마나 좋냐, 마지막 후렴도 늘 같았다. 언젠가 내가 좋아하는 작가의 드라마를 보여주었더니 어머니는 반은 졸면서 보더니, 싱겁다, 하고 한 마디로 잘라버렸다.

드라마가 끝나자 어머니는, 귀찮아 죽겠다, 여자들은 이게 나빠, 하면서도 꼼꼼히 얼굴을 닦았다. 정석대로 클렌징로션으로 닦아내고, 폼 클렌징크

림으로 깨끗이 씻어내는 어머니를 보니 나는 안심이 되었다. 당신의 피부가 나이에 비해 고운 것은 세안을 잘 해서라고 굳게 믿는 어머니는 아무리 몸이 천근만근이어도 씻는 일을 게을리 하지 않았다. 귀찮아서 스킨으로만 대충 닦고 자려는 나를 보고, 그러면 피부 다 버려, 얼른 씻어, 하고 잔소리를 하는 것도 여전했다. 어머니 잔소리 듣기가 귀찮아서 나도 대강 얼굴에 물칠을 하고 씻는 척을 했다.

음력 초이틀의 밤이었다. 달도 없는 밤 내내 파도 소리가 요란했다. 몇 주 전에 갔던 팽목항이 그 소리 위로 겹쳐졌다. 우연히 페이스북에서 보고 따라갔던 길이었다. 매주 가는 행사인지라 사람이 별로 없을 줄 알았는데, 커다란 관광버스 한 대가 꽉 차서 나는 내심 놀랐다. 관광버스처럼 중간에 마이크 돌리며 인사를 하는 순서가 있어서 그들이 회사원, 어린이집 선생님, 식당이나 가게 주인, 주부, 화가, 약사 등 다양한 일을 하는 사람들이라는 것도 알았다. 그들은 대부분, 그곳에 가는 이유를, 미안해서요, 라고 말했다. 뭐라도 하고 싶어서요, 라고 말하는 사람도 많았다. 우리가 갔던 날은 마침 태풍 경보가 내려서 비도 뿌리고, 바람이 요란했고, 등대가 있는 방파제에는 못 올라가게 금줄이 쳐져 있었다. 바람 소리에 쉰어 어디선가 큰 울음소리가 들렸다. 소리를 따라가 보니 방파제 난간에 매놓은 수많은 풍경들이 바람에 한꺼번에 흔들리며 울부짖고 있었다. 파도 소리와 풍경 소리를 겹쳐 들으며 나는 까무룩히 잠이 들었다. 문주란 향내는 밤에 더 풍긴다는데 나는 꿈도 없이 잠을 잤다.

다음 날은 어머니와 올레길을 걸어보려고 나섰다. 나가는 길에 관리실 아주머니에게 전날 사고에 대해 물었다.

요 근처 펜션에서 아르바이트하던 대학생이래요. 온 지 한 보름 됐대요. 방학 동안 일도 하면서 놀다 간다고 와 있었다네요. 잠깐 나갔다 온다고 나가서 안 들어오기에 찾아봤더니 바닷가에 옷이랑 신발 벗어놓은 것만 덩그라니 있더래요. 스노클링을 한 거지요. 그거 배운 지 사나흘 돼서 틈만 나면 했대요. 어쨌든 그래서 펜션 주인이 실종 신고를 낸 거고요. 그런데 술은 입에도 안 대는 학생이었다는데, 왜 그런 소문이 돈 걸까? 이상하네.

어머니는 또, 죽었지, 죽었어, 후렴처럼 읊었다.

조금 걷다 보니 무인 까페라는 이정표가 있었다. 우리는 그 길로 들어섰다. 걸어가는데 소방차 몇 대가 우리를 앞질러 지나갔다. 방파제 앞에는 잠수복을 입은 사람들이 모여 있었다. 오늘은 그쪽에서 수색을 하는 모양이었다. 그 모습을 보니, 혹시 찾았나, 가슴이 뛰었다. 어머니도 옆에서, 빨리 물어보고 오라고 몇 번이나 재촉을 했다. 그러나 나는 무인 까페에 들어가 커피와 메밀차를 가져오고, 돈 통에 차 값을 넣은 다음에야 까페 앞에서 놀고 있던 아이한테 물었다.

실종된 사람 찾았다니?

아이는 무엇인가를 조물락거리며 눈도 들지 않은 채 대답했다.

아뇨, 못 찾았대요.

어머니에게 말하자 어머니는, 죽었지, 벌써 죽었어, 하고 또 읊었다. 나는 얼른 어머니의 귀에 대고 작은 소리로 말했다.

근처에 가족들이 있을지도 모르잖아? 제발 아무 말이나 막 하지 마.

우리는 다시 큰 길로 걸어 나가 바닷가 옆으로 나 있는 도로 위를 걸었다. 문주란 마트와 문주란 식당이 보였다. 해물라면과 해물파전이 적혀 있었다. 그 길에는 문주란이 드문드문 피어 있었다. 하얗게 벌어진 꽃잎들은 상사화와 비슷했다. 햇살이 따가워지기 시작했다. 바람은 시원했고, 양산도 쓰고 있었지만 어머니는 힘들다고 못가겠다고 했다. 나는 까페에서 들고 온 팸플릿을 보았다. 비자림이라면 햇살이 있어도 걸을 만할 것이었다. 어머니도 좋다고 했다. 우리는 다시 땡볕에 쪼그려 앉은 채 문주란 식당 앞으로 오는 택시를 기다렸다.

비자림에 다다르자 쩅쩅했던 하늘이 갑자기 어두워졌다. 그 앞 식당에서는 꿩 요리를 팔고 있었지만 어머니는 꿩은 싫다며 고개를 저었다. 우리가 산채비빔밥을 먹는 새 빗방울이 듣기 시작했다. 나는 배낭에서 비닐 우비를 꺼냈다. 우리는 둘 다 노란 우비를 걸쳐 입었다. 오백 년 넘은 비자나무가 2천8백 그루나 있다는 오래된 숲길은 신비롭고 아름다웠다. 그런 비의에 찬 숲길을 노란 우비 입은 늙은 모녀가 걷자니 우습기도 하고 쓸쓸하기도 했다. 어디 먼 나라의 숲 속에서 길을 잃은 기분도 들었다. 비가 점점 더 내려 사위는 어둡고 고요했다. 사람도 거의 없었다. 어머니는 숲이 좋다고 감탄하면서도 걷나 말고 자꾸 주저앉아 쉬었다. 갑자기 핸드폰에서 삐이이이이, 하며 귀에 거슬리는 경고음이 울렸다. 폭우와 강풍을 주의하라는 긴급 재난 문자 메시지였다. 나는 날씨가 걱정되었다. 결국 우리는 얼마 걷지 못하고 돌아나왔다. 이번에는 버스를 탔는데, 해녀박물관을 지나기에 충동적으로 내렸다. 오래 전에 와본 곳이었지만 해녀의 숨비소리가 다시 듣고 싶었다. 해녀의 숨비소리는 피리 소리 같았다. 놀라운 사람들이었다. 어머니는 해녀들이 먹은 음식에만 관심을 좀 보이더니 힘들다고 해서 그곳도 금세 나왔다.

숙소에 도착했더니 1층 식당이 웅성거렸다. 식당을 다시 열었냐고 물었더니, 아주머니는 비밀 얘기를 하듯 내 귀에 바짝 대고 소리를 죽인 채 말했다. 마침 쉬고 있는 식당이라 동네 사람들이 수색대를 이리로 보냈어요. 여길 임시 구조본부로 한대요. 실종 학생 부모님도 왔어요. 글쎄, 일류대학에 다니던 학생이래요. 아들 둘인데 첫아들이 저리 된 거고요. 부모님들이 제정신이 아니에요.

수색대, 임시 구조 본부, 실종, 그런 말들만이 귓전에서 맴돌았다.

방에 올라가니 돌연 하늘이 한밤중처럼 시커메지더니 엄청난 비를 쏟아냈다. 바람도 거칠어졌다. 방까지 비가 몰아쳐 바닥이 흥건해졌다. 얼른 문을 닫고 걸레로 닦아냈다. 삐이이이이, 핸드폰에서는 여전히 긴급 재난 문자 메시지가 울렸다.

어머니는 피곤했던지 어느새 잠이 들고, 나는 창 너머 쏟아지는 빗발을 한참동안 바라보며 서있었다. 이렇게 비바람이 몰아치니 수색은 또 중단되었을 것이다. 바람이 심상치 않았다. 온 바다가 흔들리고 있었다. 혹시나 걱정이 되어 검색을 해보았지만 태풍 경보는 없었다. 링링, 가지키, 파사이, 페이파, 타파, 지난 태풍들의 이름이 함께 검색되었다. 그날 팽목항에 불었던 태풍의 이름은 무엇이었을까. 그날 밤 사람들은 하얀 우비를 입은 채 부두에 모였다. 자정이 되자 그들은 바다를 향해 아직 돌아오지 않은 실종자들의 이름을 큰소리로 불렀다. 부르면서 다들 울었다. 빗물과 눈물이 섞여 흘렀다.

태풍의 이름들은 대부분 어여쁘지만 처음부터 그랬던 건 아니라고 했다.

맨 처음 태풍에 이름을 붙였던 호주의 예보관들은 싫어하는 정치가의 이름을 붙였다고 했다. 그러고 보니 아버지는 생전에 집에서 기르던 개에게 유명한 정치가의 이름들을 붙이곤 했다. 그때 일본 수상이었던 미키, 미국의 외무장관이었던 키신저도 우리 집 개들의 이름이었다. 저런 권력자들을 오라가라 하면 기분이 좋잖냐, 하며 아버지는 웃었다. 지금 아버지가 살아있다면 우리 집 개들의 이름은 무엇이 되었을까. 아마도 나는 사랑하는 개에게 혐오하는 인간의 이름을 붙이는 걸 반대했을 것이다.

창밖의 바다는 쏟아지는 빗속에서 부글부글 끓고 있는 검은 용암 같았다. 살아 움직이는 커다란 검은 괴물처럼도 보였다. 저 바다 속에 그 학생이 있는 것일까. 아니기를 빌었다. 그렇게 옷과 신발을 얌전히 벗어놓고, 스노클링을 하러 들어간 척 해놓고, 준비해간 다른 옷을 입고 그가 어딘가로 달아난 것이라면 얼마나 좋을까. 자신을 지우기 위해서, 자신이 짊어진 것에서 도망치고 싶어서 그가 그렇게 우리를 속인 것이라면 얼마나 좋을까. 사망이 아닌 진짜 실종, 그것이 어떤 삶이든 그는 적어도 살아 있을 테니까. 어머니의 생일을 축하하는 여행의 첫날, 우리 옆에서 사라진 그, 그를 찾는 수색 본부 머리 위에서 머무르게 된 우리.

잠에서 깬 어머니에게 나는 식당에서 사온 파전을 차려 내놓았다.

이걸로 요기라도 하자. 밖에 나갈 생각도 못하겠어. 우린 갇혀버렸어.

애, 파전 보니 소주 한 잔 먹고 싶다.

웬일이야? 엄만 술도 잘 못하면서?

안 그래도 소주 생각이 간절했던 나는 얼른 내려가 관리실 문을 두드렸다.

소주 있어요? 라면도 있으면 두 개만 파실래요? 날씨가 이래서 나갈 수가 없네요.

아주머니가 고개를 내밀었다.

소주는 한라산만 있는데 괜찮아요?

네, 좋죠.

라면은 하나밖에 없어요. 그거라도 가져가세요.

나는 아주머니를 따라 식당 안으로 들어갔다. 다들 나가 있는지 식당에는 아무도 없었다.

오늘 날씨가 이래서 수색도 못하고 속이 타요. 글쎄, 그 학생이 일류대 학생이었대요. 공부 되게 잘 했나 봐요. 얼마나 아까울까.

아주머니는 실종 학생이 일류대 학생이라는 얘기를 거듭 했다. 아주머니는 소주 값만 받았다. 라면 값은 손사래를 쳤다.

아휴, 이런 거 하나 못 나눠 먹으면 어떻게 해요? 그냥 가져다 드세요. 그나저나 라면이 하나밖에 없어서 어쩌나?

괜찮아요. 밥은 있어요. 감사합니다.

나는 올라와 라면을 끓이면서 어제 사온 미역을 넣었다. 미역국 대신이었다. 반달처럼 생긴 쉬폰 빵에 케이크 초도 세웠다. 마트 구석에는 빵을 파는 코너가 있었지만 밤이 늦어 케이크는 다 팔리고 없었다. 초만 여덟 개 얻어 왔다. 대학 시절 감옥에 갇힌 선배들 생일 때면 면회 가서 하던 짓이었다. 그때는 「보름달」이란 동그란 빵에 성냥불을 세우고 불어주었다. 구멍이 뿅뿅 뚫린 플라스틱 면회 창을 가운데에 두고.

따지고 보면 지금 여기도 감옥이었다.

엄마, 정식 생신 날에 아들며느리가 잘 해줄 테니 오늘은 그냥 기분만 내.

그럼, 그럼. 이거, 최고다. 라면에 미역 넣으니 이것도 맛있네.

우리 무슨 난민 같아.

어머니와 나는 킬킬거리며 건배를 하고, 라면과 파전에 소주를 마셨다. 나는 어머니 옆에 물 한 잔을 놓았다.

엄만 술 잘 못하니까 소주는 홀짝 마셔. 물이랑 같이.

어머니는 내가 시킨 대로 했다. 그러는 늙은 어머니가 귀엽고 안쓰러웠다.

바람이 점점 더 거세졌다. 숨비소리처럼 휘이휘이 하는 바람 소리가 문을 때렸다.

엄마, 저 소리 들려? 바람 소리가 무슨 귀신 소리 같지?

그래? 나는 아무 것도 안 들려.

안 들려? 잘 들어봐.

어머니는 가만히 귀를 기울여 보더니 말했다.

저 압력밥솥 소리 같은 게 바람소리냐?

응, 맞아. 그리네. 꼭 압력밥솥 소리 같네.

비도 바람도 잦아질 기세는 보이지 않고, 점점 더 광폭해졌다. 긴급 재난 경보 메시지도 여전히 울려댔다. 왼쪽으로 난 작은 창을 내려다보니 옆집 마당에 심어져있는 종려나무 이파리들이 주유소 앞에 세워진 광고용 풍선 인형처럼 미친 듯 휘둘리고 있었다.

저녁이 되자 어머니는 다시 TV를 켜고 드라마를 보기 시작했다. 나는 그

곁에서 전날보다 더욱 세심하게 볼륨을 조절했다. 이제 이곳은 상가나 다름 없으니까. 드라마 속 여주인공은 유전자 검사 결과 친부모를 확인했다. 드라마가 끝나고, 씻고 누운 어머니는 말했다.

아무래도 내 생일을 음력으로 바꿔야겠어. 아버지 추도식이랑 닷새 차이인 게 영 안 좋아.

아버지가 세상을 뜨기 직전 어머니의 생일을 챙겨주던 일이 떠올랐다. 혈액투석을 받고 있던 아버지는 비틀거리며 잘 걷지도 못하는 몸이었는데도 어머니의 생일 축하 외식을 하자고 했다. 우리는 모두 당황했다.

아버지 힘드실 텐데 무리하지 마세요. 뭘 시켜먹을까요?

큰 동생이 말하자 아버지는 아버지답지 않게 벌컥 화를 냈다.

나가자니까. 니네 엄마 생일인데 맛있는 거 사주고 싶다.

그래서 우리는 모두 아파트 단지 옆 상가에 있던 꽤 큰 중국집으로 갔다. 나는 그때 임신 팔 개월의 만삭의 몸으로 뒤뚱거리며 그 자리에 합석했다. 아마도 코스 요리를 시켜 먹었던 것 같다. 어두운 분위기가 싫어서 모두들 일부러 밝은 척 농담도 하고 웃었지만 그날 찍은 사진을 뽑아보니 사진 속의 우리들은 하나같이 밀랍 인형처럼 보였다. 아버지의 얼굴에는 실제로 보면서는 감지하지 못했던 죽음의 그림자가 너무도 뚜렷하게 번져 있어서 아버지가 그날로부터 닷새 후에 세상을 떠나고, 그리하여 내가 만삭의 상제가 되는 일이 충분히 예견된, 지극히 당연한 일이라고 말해주고 있었다.

그날 아버지는 당신이 세상을 떠나기 전 마지막으로 아내의 생일을 챙겨준 셈이었다. 당시의 남자들로는 보기 드물게 무언가를 기념하고, 축하하는 일을 즐거워하고, 선물하는 것을 낙으로 삼던 아버지다운 태도였다. 그러나 그런 얘기에서 느껴지는 따뜻함 따위는 그날 그 자리에 없었다. 우리를 둘러싼 것은 죽음뿐이었다. 죽음도 거기 한 자리를 차지하고 앉아 있었다. 모두들 그를 외면하려고 그쪽으로 고개를 돌리지 않았을 뿐이었다. 결국 어머니는 마흔아홉 생일을 보낸 닷새 뒤에 남편을 잃었고, 매년 생일을 지내고 닷새 뒤에 제사를 치르는 일을 겪어야 했다. 그건 우리에게도 당혹스런 일이었지만 그래도 그 세월이 이미 삼십년이 넘었는데, 팔십이 넘은 어머니가 새삼 그런 말을 하는 것이었다.

엄마 좋을 대로 해.

나는 심드렁하게 말했다. 음력으로 하면 아버지와 어머니의 죽음과 삶의 기념일은 열흘 정도 차이가 난다. 닷새와 열흘은 삶과 죽음의 차이만큼 긴 것일까?

드라마가 끝나자 어머니는 우울해졌다. 갑자기 환상에서 깨어나 현실로 돌아온 사람처럼 하나씩 지난날의 서운함을 들추기 시작했다. 자주 있는 일이었다. 주변 사람들에 대해 맺혔던 얘기를 하는 것도 이때인데, 그럴 때마다 나는 늘 매정하게 대하기 때문에 여행의 저녁 시간, 언성이 높아지는 일은 드물지 않았다. 오늘도 다르지 않았다. 나, 너한테 정말 서운한 거 있다, 어머니가 말을 시작하는데, 또 시작이구나, 하는 생각이 먼저 들었다.

어떻게 이혼하고 4년이나 나한테 숨길 수가 있니? 엄마를 얼마나 무시하면 그래?

언제 적 얘기를 왜 또 꺼내? 무시하긴 뭘 무시해? 엄마가 충격 받을까봐 그랬다고 했잖아?

거기다 너, 사귀는 사람 있어도 한 번도 나한테 말하지 않잖아? 그것도 정말 서운해.

엄마, 난 친구들한테도 말 안 해. 제일 친한 친구한테도 비밀로 한다고. 난 누가 내 연애를 지켜보는 게 싫어. 그뿐이야. 거기다 쉰 넘은 여자가 연애하는 걸 일일이 자기 엄마한테 말해야 해? 그게 더 이상하지 않아?

슬슬 이렇게 시작될 것이다. 이것은 하나의 리듬을 타고 있다는 것을 나는 안다. 하나씩 서운한 얘기가 시작되고, 며느리부터 주변 사람들에 대한 불만이 시작되고, 그러면 나는 거기에 대해 해명을 하거나 말도 안 되는 불만에 대해 객관적인 판단을 내려주다가 억지 쓰는 어머니에 대해 짜증을 내게 되고, 언성이 높아지고, 서로 공격하고, 그러다 다시 사과하고, 풀린다. 태풍의 경로처럼 이것은 탄생하고, 성장하다 사라진다. 하지만 어머니는 그런 말다툼을 싸움이라고 생각 안 한다. 엄마, 오늘은 좀 싸우지 말자. 우리는 만났다 하면 싸워. 내가 그렇게 말하면 어머니는 다른 어떤 말보다도 서운해한다. 우리가 언제 싸웠다고 그러냐? 그런 말 하면 난 진짜 속상해. 그냥 생각이 좀 달랐을 뿐이지 우리가 얼마나 잘 통하는 사인데 싸웠다는 거냐? 우린 한 번도 싸운 적이 없는데.

그 말에 나는 피식, 웃고 만다. 늙고 약해진 어머니와의 싸움은 아닌 게 아니라 점점 강도가 약해져 갔다. 어머니가 강하다고 생각했을 때 나는 어머니한테 맞서고, 비판하고, 싸웠다. 그것이 내 성장의 과정이었다. 아니, 어쩌면 인생 전체가 어머니에 대한 반항이었는지도 몰랐다. 그러나 이제 어머니는 늙고 약해져서 내게 연민의 대상이지 맞서 싸울 대상이 아니었다. 나는 어머니가 자주 사랑스럽고, 가끔 안쓰럽고, 때론 귀엽기까지 했다. 그날도 다르지 않았다. 살아있는 우리는 살아온 대로 살았다.

다음 날도 바람은 가셨지만 비는 부슬부슬 계속 내렸다. 아침에 짐을 꾸려 나가니 아주머니가 반색을 하며 말했다.

찾았어요, 오늘 새벽에. 백사장 모래밭에 묻혀 있더래요. 누가 알았겠어요? 물에 빠진 사람이 백사장에 있을 줄이야. 며칠 전에도 내가 지나다녔던 곳인데, 이상하게 기분이 묘했는데, 바로 거기서 나왔대요. 동생이 새벽에 바닷가를 걷다가 모래밭에 어깨가 드러난 걸 보고 찾았대요. 해경은 거긴 찾아볼 생각도 안 했으니까요. 하긴 스노클링 하다가 실종된 사람을 누가 모래밭에서 찾겠어요? 여기 앞 바다는 샅샅이 뒤졌다고 했거든요.

시신을 찾았다니 나쁜 소식이 아닌데도 온몸에서 힘이 쭉 빠졌다. 마음속에서 써가던 그의 실종 전설은 끝났다. 그는 죽은 사람으로 돌아왔다. 그런데 그는 도대체 어떻게 모래밭으로 돌아온 것일까? 폭풍이 그를 실어왔을까, 밀물이 그를 실어왔을까, 아니면 어떤 무엇이?

우리가 왔던 날 사라지고, 우리가 떠나는 날 나타난 그가 나는 먼 사람 같지 않았다. 살아서 알았던 사람처럼 슬펐다. 혼자 온 길이었다면 아마도 내처 며칠을 더 머물렀을 것이다. 어머니와 동행했으니 그럴 수는 없더라도 떠나기 전에 동네라도 제대로 돌아보고 싶었다. 그가 보름이나 머물렀던 이 공간을 마음에 담아가고 싶었다. 그가 묵었다는 숙소도 가보고 싶었다. 그에 대해 조금이라도 더 알고 싶었다. 그가 이 세상에 왔다 갔다는 사실을, 우연히 근처에 머물렀던 한 사람의 인연으로 기억해주고 싶었다.

그러나 여주인은 마침 다른 방 손님도 나가는 참이니 함께 버스 정류장까지 태워주겠다는 것이었다. 버스 정류장은 걷기엔 멀고, 콜택시를 부르기엔 미안한 거리였다. 그렇다고 다시 4만원이나 택시비를 내면서 시내까지 나갈 여유는 없었다. 나는 망설이다가 그 차에 얹혀 나가기로 마음을 바꿔먹었다. 인연은 현실 앞에 쉽게 버려졌다. 그런데 자동차 문을 열려던 아주머니가 당황해 하며 소리쳤다. 어머, 시동 걸어놓고 문을 닫아버렸네. 키가 차 안에 있어요. 아주머니가 어쩔 줄 몰라 하는 얼굴로 우리를 돌아보았다. 내가 아침에 정신이 하나도 없었어요. 시체 발견했다 그러지, 사람들 태우고 왔다 갔다 해야지, 그래서 그만…. 어쩌나, 사람을 불러야 하겠네요. 조금 기다리셔야겠어요.

그러자 나는 이 일이 다시 생긴 기회처럼 여겨져 마음을 또 바꾸었다.

저기, 저는 어머니랑 더 돌아보고 택시 불러 나갈게요. 차 문 열면 그냥 먼저들 가세요.

어머니는 왜 그러냐며 어리둥절해 했지만 나는 그냥 어머니를 끌고 나왔다.

동네를 한번 돌아보고 싶어서 그래. 엄마, 조금만 걷다가 가.

잘 따라오던 어머니는 빗줄기가 조금씩 굵어지자 투덜거리기 시작했다.

옷 젖는다, 가자.

나는 우산을 어머니 쪽으로 돌리고, 나는 거의 비를 맞았다. 그래도 어머니는 옷이 후줄근해진다며 못 걷겠다고 했다.

알았어. 돌아가.

마음이 안 좋았다. 괜히 차만 놓쳤다고 생각하며 돌아갔는데 가보니 차는 그때 막 출발하려 하고 있었다. 수리기사가 늦게 왔다는 것이었다. 그래서 우리도 그 차에 올랐다. 아주머니는 운전을 하면서 계속 그 일에 대해 말했다. 아침의 충격이 컸을 것이다.

이 앞바다가 무지 깨끗해요. 고기도 많이 살고요. 바다에 고기가 하도 많아서 손으로 광어를 잡아오는 손님도 있다니까요. 그래서 스노클링도 많이 해요. 그 학생도 여기 와서 그걸 배웠다잖아요? 아이, 무서워. 무서워 죽겠어요. 정신이 하나도 없어요. 심장마비로 죽은 것 같다는데 혹시 스노클링을 하다가 엄청나게 큰 고기를 만난 게 아닐까 몰라요. 물속에서 큰 고기 만나면 심장이 멎는다고 하더라고요. 손님들이 그랬어요. 가끔씩 이 앞바다에 굉장히 큰 고기들이 나타난대요. 그나저나 그 부모도 다들 아직도 참 젊던데 어찌 살까 몰라요. 그렇게 잘 키워갖고 저렇게 잃었으니. 집안의 희망이었다고 엄마가 그러더라고요. 왜 안 그랬겠어요? 작년에 그 학생 선배가 여기 와서 딱 그렇게 지내다 갔대요. 일하면서, 스노클링 배워서 놀고. 그게 너무 좋아서 아끼는 후배한테 소개해 준 거라는데…. 그 선배도 왔어요. 근데 볼 수가 없어요, 너무 괴로워서. 그 속이 어떻겠어요? 그나저나 어떻게 모래밭으로 온 건지 정말 이상해요. 분명히 바다에 빠졌을 텐데 어떻게 해서 거기 있게 되었을까요? 모를 일이에요. 신기해요.

차창 밖을 내다보니 비는 치적치적 내리는데, 하얗게 핀 문주란들이 그 비를 다 맞은 채 여전히 늘어서 있었다.

어머니와 나는 정류장에서 버스를 타고 시내로 갔다. 비행기 시각은 오후였다. 어머니는 갈치조림이 먹고 싶다고 했다. 나는 일부러 여객선 터미널 근처에 있는 식당으로 검색했다. 유명하다는 식당을 찾아갔지만 갈치조림은 비싸기만 비싸고, 물이 영 안 좋았다. 어머니와 나는 억지로 먹다시피 했다. 식당 TV에서는 마침 지역 뉴스가 나오고 있었다. 8월 15일 실종되었던 S군의 시신이 오늘 아침 발견되었다는 소식입니다. S군은 온몸이 모래에 파묻힌 채…. 어머니는 뉴스가 들리지 않으니 오직 갈치에 대해서만 투덜거리고 있었다. 항구 도시가 고향인 어머니에게 물이 좋지 않은 생선이란 쓰레기나 다름없었다.

식당에서 나와 조금 걷자 여객선 터미널이 나왔다. 나는 잠깐 들렀다 가자며 어머니를 이끌었다. 제주와 인천을 잇는 노선이 폐쇄된 터미널은 적막했다. 인천이 아닌 다른 곳에서 오는 배들은 운행되고 있었지만 승객은 몇 되지 않았다. 1층 대합실 의자에 어머니를 앉혀 놓고, 나는 홀로 2층 게이트 앞으로 올라갔다. 썰렁한 기념품 상회 하나만 문을 열고 있었다. 도무지 납득할 수 없는 그 비극이 일어나지 않았더라면, 넉 달 전 그날, 수학여행 온 아이들과 다양한 사연을 가진 사람들이 도착했을 공간.

나는 가만히 눈을 감았다. 그러자 환한 얼굴로 쏟아져 나오는 그들이 보였다. 그들의 소리까지 왁자하니 들려왔다. 눈을 뜨자 텅 빈 게이트만이 보였다. 눈시울이 뜨거웠다.

위에 뭐가 있더냐?

내가 돌아오자 어머니가 물었다.

아니. 아무 것도 없어.

그래, 그럼 가자.

어머니는 늙은 몸을 일으켜 앞장섰다.

오랜 옛날, 바닷가에서 손자랑 살던 할머니가 세상을 떴는데, 어린 손자가 마음에 걸려 혼백이 머뭇거리고 있자니 발에서 뿌리가 나고, 겨드랑이에서 잎이 나 문주란 꽃으로 변했다는 전설은 그 섬을 떠나온 뒤 한 계절이 지나고서야 알게 되었다. 그러자 차마 떠날 수 없어 머뭇거리는 그의 모습이 보였다.

그해 여름, 도열해 있던 문주란 무리에 한 뿌리의 문주란이 더 보태졌으리라는 것도 그때야 나는 알 수 있었다.

월식(月蝕)

달은 먹혔다.
지구의 그림자에, 시간의 그림자에.
그러나 하늘은 다시 달을 토해내리라.
토해지는 달은 만월,
오직 만월만이 먹히고, 만월만이 토해진다.
보이지 않는다고 사라진 것은 아니니
한때 존재했던 것은 결코 사라지지 않는다.
월식의 항구에서조차.

월식(月蝕)

1

"으으…."

윤 여사의 신음 소리에 수영은 반사적으로 몸을 일으킨다. 얼른 다가가 아랫도리를 벗기고 변기를 받쳐준다. 일이 끝나자 그녀의 얼굴에는 편안한 표정이 떠오른다.

"고…고…고맙소."

윤 여사가 비뚤어진 입으로 겨우 말을 뱉어낸다. 말은 어눌해도 눈빛에는 진심이 담겨 있다. 매번 부딪히는 광경이면서도 수영은 그 모습이 낯설다. 쓰러지기 전의 그 도도하고 매몰찼던 윤 여사가, 지금 이 겸손하다 못해 비굴한 노파와 동일인이라는 사실이 믿기지 않는다. 그 얼굴을 외면한 채 수영은 욕실로 들어가 양변기에 배설물을 쏟아 붓고 물을 내린다. 배설물이 검은 구멍으로 빨려 들어가는 걸 보는 일은 늘 가벼운 욕지기를 일으킨다. 날마다 해도 익숙해지지 않는 일이다. 그녀는 수돗물을 세게 틀어 손을 박박 문질러 씻는다.

문득 거울을 바라본다. 창백하고 무표정한 얼굴, 시어머니와 닮은 얼굴이 거기 있다. 이목구비는 전혀 닮지 않았는데도 이상하게 닮아 보인다. 그녀는 그 얼굴을 가만히 들여다보다 욕실을 나온다.

병실 창으로 저녁놀이 번지고 있다. 그새 윤 여사는 가늘게 코까지 골고 있다. 링거 병에서 소리 없이 떨어지고 있는 액체에서도 똑, 똑, 투명한 소리 가 들릴 것만 같다. 수영은 욕실 문에 기대 선 채 저녁나절이면 만나게 되는 짧은 순간의 이 적막을 바라보다 창턱에 놓인 노트로 눈길을 돌린다. 풀다 만 문제가 떠오른 그녀는 창가에 놓인 의자로 가서 앉는다. 길고 복잡한 수 식이 노트를 다 채우고 있다. 증명 문제다. 무엇을 증명하겠다고 나는 이러 고 있나, 그녀는 노트를 덮는다. 그때 문 열리는 소리가 들린다.

"늦었어요, 숙모!"

소라였다. 쉿, 윤 여사가 깰세라 반사적으로 주의부터 주면서 비로소 수 영은, 오늘이 토요일이구나, 라는 생각을 한다. 윤 여사의 맏손녀인 소라는 토요일마다 교대를 해주러 왔다. 소라는 곧장 제 할머니한테로 다가간다. 그 새 잠이 깬 윤 여사는 겁먹은 듯 몸을 움츠린다. 정신이 말짱했을 때 누구보 다 사랑했던 맏손녀를 그녀는 전혀 알아보지 못한다. 소라도 이미 그런 일에 는 익숙해서 짐짓 더 명랑하게 말한다.

"잘 계셨어요? 할머니 보고 싶어서 집에도 안 들르고 학교에서 곧장 왔어 요. 아유, 우리 할머니, 예뻐지셨네."

애교 떨 듯 종알대던 소라가 문득 말을 멈춘다. 윤 여사가 갑자기 베개를 움켜쥐며 소라에게 경계가 가득한 눈길을 던진 탓이다. 못 알아보는 건 슬플 뿐이지만 의심을 받는 일은 불쾌하다. 누군가 와서 돈을 새로 주고 가면, 며칠간 윤 여사의 경계심은 더욱 심해졌다. 소라는 불룩하게 올라온 베개를 보더니 수영을 돌아보며 묻는다.

"누가 또 갖다 바치고 갔네요. 우리 엄만가요?"

"엄마는 어제 수표로 갖고 오셨고, 오늘은 큰 숙모가 다녀가셨어. 일부러 만 원짜리로 챙겨 와서 베개가 좀 높아졌네."

외투를 걸치며 나갈 준비를 하던 수영은 담담하게 말한다. 소라가 고개를 푹 숙인다.

"할머니가 좋아하시는 걸 어쩌겠니?"

수영이 말하는데 소라의 눈에서 눈물이 뚝, 바닥으로 떨어진다. 수영은 단추를 잠그다 말고 그런 소라를 잠시 바라본다. 그녀는 말없이 단추를 마저 채운다. 소라는 우는 모습이 부끄러운지 창가로 가 어깨를 들썩이며 흐느낀다.

칠순을 넘긴지 한참 되었지만 윤 여사는 정정하고 기품 있는 노인네였다. 그런 그녀가 갑자기 쓰러졌다. 뇌일혈이었다. 목숨은 건졌지만 왼쪽 신경마비가 제대로 풀리지 않았고, 지각 장애 현상도 나타나 식구들을 알아보지 못했다. 세 아들과 며느리, 손자 손녀들이 날마다 윤 여사의 코앞에 낯을 바짝 갖다 대고 비탄에 잠겨 법석을 떨어댔지만 윤 여사는 겁에 질린 짐승처럼 몸을 움츠린 채 비명만 내질렀다. 웬만한 사람은 다 눈 아래로 보던 노인네가 누구든 곁에 다가오면 이불을 끌어당기며 부들부들 떠는 것이었다. 진정제 주사를 맞아야만 겨우 가라앉을 정도로 그 증세는 심했다. 때론 베개를 갓난 아기처럼 껴안고, 아가, 아가, 우리 아가, 하고 불러대며 얼굴을 비비기도 했다. 원래 황해도 재령 사람인 윤 여사는 이북에서 낳은 첫아기를 돌림병으로 잃었다고 했다. 고아원이니 장학 사업에 유별난 열성을 보인 것도 다 그 때문이라고 했다. 열흘쯤 지나자 그 증세는 다행히 차도를 보였다. 여전히 식구들을 알아보지는 못했지만 자기를 해칠 사람이 아니란 것만은 알아차린 모양이었다. 그러자 그녀에게 남은 것은 넋 나간 듯한 멍한 표정뿐이었다.

그렇게 한 달쯤 지난 뒤였다. 그날도 윤 여사는 여느 날과 다름없이 링거 주사를 꽂은 채 넋 나간 눈빛으로 침상에 누워 있었다. 마침 일요일이라 온 식구가 다 모였지만 이미 그 무렵엔 모두들 지쳐서 아무도 그녀에 대해 살뜰한 관심을 보이지 않았다. 자식들 얼굴도 못 알아보는, 식물인간보다 나을 것도 없는 노인에 대한 근심과 염려는 이미 동이 나 있었다. 적당히 시간 채워 이 얘기 저 얘기 나누다가 간병인만 남기고 슬그머니 하나 둘씩 흩어져 가는 게 그런 명색 병문안의 정석 코스였다. 그 사건만 없었다면 그날도 그랬을 터였다.

한참 얘기가 무르익을 무렵이었다. 윤 여사의 병상 곁에서 장난을 치며 놀고 있던 아이들 사이에서 갑자기 째지는 듯한 울음소리가 터져 나왔다. 둘째 며느리인 성준네가 당장 그리로 달려갔다.

"왜 그래, 성준아? 무슨 일이야?"

성준은 발을 구르며 바락바락 소리를 질렀다.

"내 돈! 내 돈!"

아이가 가리키는 손길을 따라 윤 여사 쪽을 바라본 성준네의 눈이 휘둥그 레졌다. 조금 전까지 무표정한 장작개비처럼 누워 있던 윤 여사가 만 원짜리 지폐 한 장을 꼭 쥔 채 입을 씰룩거리며 웃고 있는 것이었다.

"어머머, 이리 와 봐요, 어머님이 웃으세요!"

성준네의 비명 같은 외침에 식구들이 윤 여사 곁으로 우르르 몰려갔다.

"저거 내 돈이란 말이야. 이잉, 큰아버지가 준 건데 할머니가 뺏어 갔어!"

사람들이 모이자 잠깐 울음을 그쳤던 성준이 다시 앙탈을 부렸다.

"옛다, 성준아, 큰아버지가 돈 더 많이 줄 테니까 울음 그쳐라."

윤 여사의 맏아들인 소라 아빠 최 사장이 만 원짜리 지폐 서너 장을 더 꺼 내서 아이를 달래려고 했다. 그때였다. 윤 여사의 눈빛이 먹이를 본 승냥이 처럼 빛나더니 다시금 돈을 낚아채려고 손을 뻗쳤다. 하지만 키 작은 아이의 돈을 빼앗을 때처럼 녹록할 수는 없었다. 거기다 왼손은 쓸 수 없어 오른손 만으로 하는 짓이니 그 짓은 헛손질로 그치고 말았다. 그러자 윤 여사는 당 장 표정을 바꾼 채 그 손을 자신의 아들 앞으로 불쑥 내밀었다. 애처롭도록 간절한 눈빛이었다. 모두들 숨을 죽이고 그녀를 바라보았다.

"아, 예, 어머니, 드리고 말구요."

잠시 우두망찰해 있던 최 사장이 얼른 윤 여사의 손에 지폐를 쥐어주었 다. 그녀는 돈을 꼭 움켜쥐었다. 흡족한 눈빛이었다.

"세상에, 어머니가 돈을 알아보시네!"

소라 엄마가 탄성을 질렀다. 세상 천지에 돈을 밝히는 일을 가장 천한 일 로 경멸해 '천하의 상것들'이니 '돈만 아는 버러지 같은 것'이니 하는 말을 노 상 입에 달고 살던 윤 여사가 아니었던가. 그제야 사람들은 정신이 든 듯 너도나도 지폐를 꺼내 윤 여사의 가슴에 올려주었다. 그녀의 여윈 가슴은 순식간에 만 원짜리로 뒤덮였다. 그날부터였다, 이 집안 식구들 사이에 이 기이한 효도 경쟁이 벌어진 것은. 그들은 새로운 놀이라도 발견한 아이들처럼 경쟁적으로 돈 뭉치를 들고 와 윤 여사에게 바쳐댔다. 가져오는 돈의 액수로 자신들의 효성이 평가라도 받는 것처럼.

윤 여사의 막내아들이자 수영의 남편인 경훈과 맏손녀 소라만이 그런 광경에 치를 떨었다. 그 두 사람만이 유일하게 윤 여사에게 애정을 품고 있었기 때문이었다. 수영은 놀라웠을 뿐 별다른 생각이 들지 않았다. 그녀는 윤 여사에게 가장 큰 수모를 당해온 사람이었다. 윤 여사를 마음 깊이 경멸하고 있었던 그녀에게 그 일은 그저 남의 일일 따름이었다.

윤 여사는 받은 돈들을 어눌한 손놀림으로 꾸역꾸역 베개 밑에 쑤셔 넣었다. 간호사든 간병인이든 누구든 베개에 손만 댔다 하면 소리를 지르고 난리를 치는 바람에 더러워진 시트도 수면제를 먹여 푹 재운 뒤에야 갈아 끼울 수 있었다. 베개 밑에 쌓인 돈도 그럴 때에나 조금씩 빼내 서랍 속에 따로 간수해야 했다. 그러지 않으면 그녀의 베개는 너무 높아져 베고 잘 수도 없어졌다. 만 원짜리 한 장으로 시작된 그 기이한 효도 경쟁은 이 부유한 집안에서 곧 몇십만 원 단위로 올라갔다.

맏며느리인 소라 엄마가 수영에게 전화를 건 것도 그 무렵이었다. 쌓여가는 돈이 커가니 간병인에게 맡기기엔 불안하다, 즉, 수영이 그 일을 맡아줬으면 좋겠다는 요지였다.

"그러니까 말야. 아직 신혼이나 다름없는 동서한테야 면목이 없지만 어쩌겠어. 말이야 바른 말이지, 내가 시집와서 이날 이때까지 어머님 모셨으니

끝까지 좋은 소리 듣고 싶은 맘은 굴뚝같지만 요사인 나도 나일 먹어 내 몸도 못 추스르는 판이야. 그렇다고 디자이너 일로 정신없는 큰동서를 시킬 수도 없고. 자네가 어머님한테 좋은 감정일 수 없다는 건 내 충분히 알지만 우리가 사례는 충분히 할 테니까…."

수영은 그 대목에서 대꾸도 안 한 채 수화기를 놓아버렸다. 전화를 끊고도 그녀는 한참이나 부들부들 떨며 서있어야 했다. 그런데도 결국 그녀는 그 일을 맡았다. 당신, 속으로 진저리치면서 수발드는 거, 그것도 우리 엄마 이중으로 모욕하는 거야, 경훈은 그런 아내의 결정을 말리다 못해 비난했다. 사실 자신의 그런 결정에 대해 가장 납득을 못하는 것은 바로 수영 자신이었다. 수영은 자기의 마음을 알 수 없었다. 윤 여사에 대한 애정은 당연히 한 점도 없었다. 시어머니에 대한 며느리의 의무감 따위도 없었다. 효성 지극하다고 칭송 받던 며느리들이 서로 이 핑계 저 핑계 대가면서 돈은 얼마든지 대겠다고 후렴처럼 읊어대는 꼴이 보기 싫긴 했다. 그러나 그런 이유만으로 받아들일 수는 없는 일이었다.

"갖다 바칠 돈이 없으니 몸으로라도 떼워야죠"

수영은 비아냥거리듯 그 제안을 받아들였지만 그들은 그 말을 곧이곧대로 들었는지 그때까지 조금은 미안해하던 자세마저 팽개치고 오히려 당당해졌다. 수영은 책임을 떠맡겨 미안한 동서가 아니라 돈을 주고 부려먹는 간병인 급으로 전락했다. 그녀가 간병을 혼자 도맡은 지도 벌써 두 달이 넘었지만 지금까지 하루라도 병원 잠을 대신 자준 사람은 윤 여사를 몹시 따랐던 소라뿐이었다. 소라는 한창 바쁜 고2였지만 부모의 반대를 무릅쓰고, 토요일마다 병원 잠을 대신 자주러 오는 것이다. 소라가 맡아주는 토요일 저녁부터 일요일 아침까지가 수영에게는 윤 여사에게서 벗어나는 유일한 시간이었다.

스스로 생각해도 이해가 안 가고 웃기는 짓이었다. 이런 상태로 계속 갈 수는 없었다. 처음에는 한 달 정도만 하고 그만둘 작정이었는데 이상하게도 그녀는 이 일을 계속하고 있었다. 경훈의 불만도 위험 수위에 다다랐다. 다른 동서들이 그녀를, '역시 돈이라면 뭐든지 하는 빈한한 가정 출신'이라고 여긴다는 것도 잘 알았다. 그들은 당연시 하는 것도 넘어 대놓고 깔보기 시작했다. 묘하게도 수영은 그것을 즐겼다. 자신을 학대하는 그 기분이 통쾌할 때가 있었다. 그러나 그녀 역시 지쳤다. 더 이상은 못할 짓이었다. 이제는 그만둘 날짜만 정하면 되었다. 그런 결심을 한 지도 한 주가 지났지만 그녀는 아직도, 하루 이틀만 더, 하는 심정으로 결단을 못 내리고 있었다.

오늘 밤엔 정말로 그만둘 날짜를 정해야지, 그녀는 신발을 바꿔 신으며 생각한다. 그래야 다시 간병인도 구하고, 지금까지 쌓인 돈 처리도 할 것이다. 나는 저기 쌓인 돈은 물론이고, 어떠한 명목의 수고비도 받지 않을 거다, 단 한 푼도. 어쩌면 그 생각 하나로 동서들의 멸시를 아무렇지도 않게 버텨 왔는지도 몰랐다. 그 돈은 소라의 학비로나 주든가, 아니면 앞으로 쓸 간병비용이나 병원비로 쓰면 될 것이다. 그것도 아니라면 윤 여사의 관에 같이 넣어주든가.

나갈 차비를 한 수영은 소라의 울음이 멎기만을 기다리며 잡념에 빠져 있었다. 그런데 혼자 훌쩍거리던 소라가 갑자기 그녀를 향해 돌아서며 외친다.

"숙모, 이거, '페르마의 마지막 정리' 아니에요?"

수영은 놀라서 소라를 바라본다. 소라의 손에는 창턱에 놓아두었던 수영의 노트가 들려 있다. 아차, 노트를 가방에 넣는다는 걸 깜빡 잊었다. 그 노트의 표지에는 그 애의 말대로 수학자 페르마의 말이 적혀 있었다.

수영은 당황해서 얼른 노트를 뺏는다. 소라는 감탄하는 어조로 그녀를 보며 말한다.

"숙모, 수학 좋아하세요? 깜짝 놀랐어요! 페르마, 멋지죠? 그런 말을 적어놓아서 수학자들을 골탕 먹이다니! 숙모가 수학을 좋아하시는 줄은 정말 몰랐어요. 나도 수학, 진짜로 좋아해요!"

언제 울었냐는 듯 신이 나서 떠드는 소라를 뒤로 하고, 수영은 얼른 가방에 노트를 넣으며 정신없이 병실을 빠져 나온다. 수고하란 인사도 할 수 없다. 견딜 수 없이 수치스럽다. 달아오른 낯이 쉬이 식지 않는다.

쫓기듯 엘리베이터를 타고 1층으로 내려간 다음에야 수영은 노트를 꺼내 본다. 하얀 노트의 표지에는 그 유명한 '페르마의 마지막 정리'가 적혀있다.

세제곱을 두 개의 세제곱의 합으로 나타낼 수는 없다. 일반적으로 2보다 큰 어떤 거듭 제곱도 두 개의 같은 거듭 제곱의 합으로 나타낼 수 없다. 나는 이 명제에 대한 놀라운 증명을 알지만 여백이 너무 좁아 기록할 수 없다.

소라는 성적이 뛰어난 아이였고, 수학자가 되는 게 꿈인 아이였다. '페르마의 마지막 정리'라 불리는 이 유명한 메모를 모를 리 없었다. 입안으로 쓴 침이 고여 온다. 그 아이 앞에서 발가벗겨진 듯이 치욕스럽다. 어쩔 수 없다,

이미 엎질러진 물이다, 라고 몇 번씩 되뇌어보아도 치욕감은 사라지지 않는다. 뭐가 부끄러운가, 고등학교밖에 나오지 않은 사람은 수학을 취미로 할수 없는가, 그렇게도 중얼거려 보지만 여전히 개운해지지는 않는다.

오래 전 그날의 도서관.

가뜩이나 어려운 집안 환경이었는데 아버지마저 쓰러지자 수영은 더 이상 진학을 고집할 수 없게 되었다. 인문계 고등학교를 다닌 것만도 그녀에게는 사치였다. 대학만 가는 거라면 어려울 것도 없었다. 가고 싶던 대학의 등급만 낮추면 4년 전액 장학금도 탈 수 있었다. 사실 그것이 유일한 희망이자마지막 동아줄이었다. 그러나 공사장에서 아버지가 사고를 당해 자리에 눕자 그 마지막 동아줄은 끊어졌다. 등록금이 문제가 아니었다. 무력한 어머니에 아픈 아버지와 어린 남동생들이 있을 뿐이었다. 돈을 벌 사람은 자신뿐이었다. 마침내 담임 앞에서 진학하지 않겠다는 선언을 한 날, 그녀는 다른 여자애들처럼 눈물을 쏟는 대신 조용히 도서관으로 올라갔다. 거기서 우연히펼쳐든 수학 책에 이 얘기가 씌어있었다. 수학자 페르마가 자신이 읽던 책여백에 라틴어로 써놓았다는 메모, 이 짧고 매혹적인 메모는 와일즈라는 뛰어난 수학자가 나타나 그 증명을 완전히 풀어낼 때까지 자그마치 350년 동안 수많은 수학자들을 매료시키고, 괴롭혔다. 그 수많은 수학자들을 사로잡은 부분도 이 마지막 구절이었겠지만 그날 그녀의 마음을 사로잡은 것도 역시 그 마지막 구절이었다.

나는 이 명제에 대한 놀라운 증명을 알지만 여백이 너무 좁아 기록할 수없다.

왜 그 말이 그렇게 그녀를 사로잡았을까? 다른 수학자들에게는 그것이 증명 가능한 일이라는 확신을 주고, 도전 의식을 갖게 해주는 말이었겠지만 그녀가 사로잡힌 것은 다른 무엇보다 그가 보여준 그 여유로운 태도였다. 세제곱을 두 개의 세제곱의 합으로 나타낼 수 있든 없든, 일반적으로 2보다 큰 어떤 거듭 제곱도 두 개의 같은 거듭 제곱의 합으로 나타낼 수 있든 없든 그녀에게는 아무 상관이 없었다. 그런 무의미해 보이는 일에 일생을 거는 수학자들이 그녀는 부러웠고, 그들이 매력적으로 보였지만 그녀의 흥미는 거기에 있지 않았다. 오로지 그렇게 대단한 증명을 하고도, 그저 여백이 좁아서 기록할 수 없다고 말하는 그 여유가 그녀를 매료시켰다.

수영은 그 말을 공책에 옮겨 적었다. 그 말은, 나, 이수영은 머리가 좋고, 재능이 많지만 단지 돈이 좀 모자라 대학에 갈 수 없다는 말로 이해되었다. 돈이 없다는 끔찍한 비극은 '여백이 좁아서' 정도의 사소한 조건쯤으로 여겨졌다. 그 뒤로도 그녀는 수학 노트를 새로 장만할 때마다 그 말을 옮겨 적었고, 사는 일이 힘들 때마다 그것을 꺼내 읽었다. 그럴 때마다 그 글은 그녀의 마음을 느슨하게 풀어주었다. 페르마로선 무심히 적었을지도 모를 그 한 줄의 말이 그녀에게는 커다란 위로였다.

수학은 수영에게 자존심의 다른 이름이었다. 성적이 우수하다는 것만으로는 부족했다. 그녀는 다른 여학생들이 쩔쩔매는 수학에 특히 뛰어나야만 했다. 그것만이 그녀가 자신을 가난한 천재로 믿을 수 있는 근거였다. 다른 사람들에게 보이기 위한 것이 아니었다. 그녀 스스로 그렇게 믿어야 그녀는 그 삶에서 버텨낼 수 있었다. 쉬운 일은 아니었다. 평준화된 학교에선 아무리 우수한 교사도 평균 이상의 것을 가르쳐주지 않았다. 학원도 다닐 수 없었던 그녀에게 열려진 길은 독학밖에 없었다. 하지만 좋아하고 열심히 한 만큼 수학은 그녀에게 그 우아한 속살을 보여주었다. 날카로운 굴 껍질로 피부가 벗겨진 채 불길에 던져졌던 고대 그리스의 아름다운 수학자 히파티아의 고난 이래로 20세기 이전의 여성 수학자들은 대부분 교육의 기회를 누릴 수 없어 독학으로 수학을 공부했다. 그런 조건에서 이룩해낸 그녀들의 업적은 놀라웠고, 그것은 어린 나이에 공부의 뜻을 꺾고 소녀 가장이 되어야 했던 그녀에게 유일한 위안이 되어 주었다. 그렇다고 해서 그녀가 그들처럼 독학으로 수학자가 되려는 것은 아니었다. 그들은 사회적 편견과 싸우고, 교육의 기회가 없어 독학을 하는 어려움을 겪었지만 적어도 그녀처럼 부양가족을 먹여 살리느라 일하지는 않았다. 그들은 누군가의 아내였거나, 아니면 독신으로 자신만을 먹여 살리며 수학을 연구했다.

야근까지 마치고 늦게 들어오면 수영은 씻고 자기도 바빴다. 자기 방조차 없으니 밤에 홀로 연구할 부지런함도 필요 없었다. 그녀는 새벽에 일찍 출근해서 남들이 오기 전의 한 시간 정도를 자신의 시간으로 삼았을 뿐이었다. 그 행복한 시간 동안 그녀는 수학과 만났다. 아무런 체계도 없이 닥치는 대로 문제를 풀었고, 수학에 관련된 이야기들을 읽었다. '수학을 다루지 못하는 인간은 완전한 인간이라고 할 수 없다. 기껏해야 그는 구두를 신을 줄 알고, 목욕을 할 줄 알며, 집안을 어지럽히지 않는 반(半)인간에 불과하다'고 써 붙이고 사는 수학자들, 수학자가 아닌 인간을 '사소한 인간'이라고 불렀던 폴 에어디쉬 같은 괴벽의 수학자들을 그녀는 연모했다. 그들을 연모하며 그녀 역시 그들 속에 속해 있다고 여기며, 그 시간들을 버텨냈다. 20대라는 가장 싱싱하고 황홀한 그녀의 시간은 그렇게 소진되었다.

경훈의 문자가 울렸다. 소라 왔냐고 묻는다. 그녀는 잊고 있었는데 그는 기억하고 있다. 그들은 토요일에만 겨우 만나는 부부였다. 그녀가 이상한 것이었다. 대답을 보내자 경훈은 근처라며 10분 이내에 도착한다는 답을 보낸다.

2

병원 앞으로 나가니 곧 경훈이 차를 몰고 온다. 그는 병실에는 들르지 않는다. 수영이 타자 곧장 핸들을 꺾는다. 고집 세워 그녀가 병 수발을 맡은 뒤로 그는 단 한 번도 병실에 나타나지 않는다. 그녀도 그런 그에게 병실에 들르라고 종용하지 않는다. 그것이 자신에 대한 항의의 표시라는 걸 잘 알고 있다.

"어디로 갈까?"

경훈이 앞만 보며 말한다.

"아무 데나…."

수영의 목소리는 자신이 듣기에도 건조하다. 경훈의 입가에 언뜻 냉소 같은 게 스친다. 저 냉소는 예전의 그에게는 없던 것이다. 나를 만나 생긴 거야, 저 사람의 인생에 내가 끼어들어 생긴 균열, 그녀는 그렇게 생각한다. 그는 차를 거칠게 몰아 교외로 빠져나간다.

수영은 차창을 내린다. 바람이 찼지만 바깥 공기를 마시고 싶었다. 삭막하고 을씨년스런 겨울 풍경이 차창 밖으로 지나간다.

경훈이 데려간 곳은 커다란 펜션에 딸려있는, 실내 인테리어가 화려한 레스토랑이다. 그들은 말없이 식사를 한다. 한참동안 그렇게 잠자코 식사를 하던 그가 먼저 말을 꺼낸다.

"여기서 잘 거니까 술 한 잔 하지."

수영은 고개를 끄떡인다. 경훈은 와인을 주문한다. 술잔이 몇 차례 비워지고 난 다음에야 그는 힘들게 말한다.

"형님들은 여전해? 돈 보따리 싸 갖고 오는 거?"

"응. 날마다 액수가 올라가."

"당신이 증인이 되어줘야 하겠군. 누구의 효심이 더 고액인지."

"그래야겠지. 나를 의식하는 면도 있을 거야."

무심코 대답하는 수영을 경훈은 잠시 바라보더니 차갑게 말한다.

"당신, 이제 그만둘 때도 되지 않았어, 그 짓?"

수영은 입을 다문다. 언제나 이 부분에서 그들의 대화는 엇갈린다. 그녀는 이미 그만두기로 마음을 먹었으면서도 그의 이런 말투 앞에 입을 다문다. 경훈이 다시 입을 연다.

"참 이해가 안 갈 때가 많아, 당신. 대체 뭣 때문에 그렇게 고집을 피우는 거야?"

그래, 이해할 수 없겠지, 나부터도 내 자신을 모르겠는데, 수영은 속으로 그렇게 생각했지만 입 밖으로는 다른 말을 한다.

"그냥 내가 하고 싶어서 그러는 거니까 내버려 둬."

경훈의 눈이 조금씩 이글거리기 시작한다.

"당신은 결혼을 하고도 하나도 바뀌지 않았어."

수영은 경훈을 바라본다. 그는 조금씩 이글거리는 그 눈빛으로 말을 잇는다.

"연애 시절 내내 당신은 마음을 바위처럼 닫고 있었지. 물론 나한테 잘 해줬어. 하지만 난 당신이 건성으로 그런다는 걸 알 수 있었어. 세상에 많이 다친 사람이라 그런가 보다 했지. 그런 당신을 내 사랑으로 녹여주고 싶었어. 아니지, 솔직히 말할까, 내가 안고 있어도 어딘가 먼 곳을 헤매는 당신을 제대로 정복하고 싶었는지도 몰라. 내가 그 동안 알았던 여자들에겐 한 방울도 없던 어둠이 당신에겐 깊은 우물처럼 고여 있었으니까. 어떻게 해도 내 힘으론 그 심연을 채울 수 없다는 걸 깨달은 건 결혼한 뒤였지만. 당신은 여전히 내 손이 닿지 않는 곳에 있어."

수영은 희미하게 웃으며 생각한다. 이 사람은 문화부 기자답게 말을 잘 해, 여전히.

"웃지 마. 당신 웃음은 늘 나에 대한 비웃음이야. 당신은 나를 경멸하고 있어."

경훈의 목소리에는 노여움이 묻어 있다. 수영은 가만히, 그의 말대로 웃지 않고 그를 바라본다. 나는 그를 결코 경멸하지 않는다. 내가 경멸하는 건 그의 가족들일 뿐이다. 남편은 시궁창 같이 더러운 그의 가족 중에서 연꽃처럼 떠있는 맑고 순수한 사람이다. 조금 어리석긴 했지만 그건 순수한 인간들이 어쩔 수 없이 치러야 하는 몫 정도일 것이다. 하지만 그런 생각은 입 밖으로 나오지 않는다. 생각과 말은 다르다.

"그렇지 않아."

수영은 겨우 짧게 그 말만을 할 뿐이다.

휴우, 경훈이 길게 한숨을 쉬더니 담배를 빼어 문다.

수영은 진심으로 미안하다. 이런 태도를 보이고 싶지 않다. 그녀는 남편을 사랑한다. 그를 아끼고 위로해주고 싶고, 그녀 역시 아낌 받고 위로 받고 싶다. 그런데도 그녀의 태도는 언제나 무뚝뚝했고 점점 더 그를 밀쳐내는 행동만 하고 있다.

그들은 말없이 객실로 올라간다. 경훈이 먼저 욕실로 들어가 씻고 나온다. 그런 다음 수영이 욕실로 들어가 씻고 나오자 그는 말없이 그녀를 안는다. 그 결합은 한없이 어색하고 쓸쓸하다. 남편에게 이 성교가 얼마나 고역일지 그녀는 충분히 알 수 있다. 그는 부족한 것 없이 자라 구김살 없고, 삶에 무뎌지지 않아 섬세하고 예민하고, 그리고 충분히 사랑 받아 사랑이 넘치는 사람이다. 그런 순수한 사람은 몸만 가지고 놀 수 없는 법이다. 잘 알고 있었다. 남편은 지금 내키지 않는 성교를 하느라 기를 쓰고 있으리라. 아내를 사랑하면서도, 아니, 사랑하기 때문에 그 속의 이끼 낀 어두운 우물까지 밝은 햇빛을 쐬어주고 싶어 하는 것이고, 그것을 들어주지 않는, 그늘 속에 악착스레 머무르려 하는 이해할 수 없는 아내에게 그의 몸은 빈용할 수기 없는 것이다. 그가 자기의 형제들 같은 속물이라면 젊고 아름다운 아내의 육체만으로도 얼마든지 즐길 수 있었을 텐데. 맺어져서 더 쓸쓸한 정사에 남편은 그 섬세한 신경 줄을 베었으리라.

결혼을 준비할 때 경훈은 돈 많은 집 도련님답게, 숟가락만 들고 오면 돼, 하며 혼수에 대해 조금도 신경을 쓰지 않았다. 윤 여사 역시 아들을 통해, 주렁주렁 싸들고 오는 건 본시 양반의 풍습이 아니니 분수껏 해오라는 말을 전했다. 그런 말들은 수영의 가슴에 따뜻하게 울렸다. 그녀와의 결혼을 몹시 반대했던 윤 여사가 해주는 말이라 더욱 그랬다. 이런 사람들을 만나다니, 비로소 운명이 자신에게 미소를 보내주는 것만 같았다. 그녀는 윤 여사가 마련해준 33평의 고급 아파트에 나름대로 정성껏 살림을 마련했다. 가난한 집안의 장녀로 여고만 졸업한 채 가장 노릇을 해온 그녀였다. 그 동안의 번 돈은 고스란히 식구들의 밥이 되었지만 9년간 일한 출판사의 퇴직금만은 남았다. 말이 좋아 교정 담당이지 사장을 뺀 직원이라곤 그녀 혼자인 출판사에서 급사부터 편집자의 일까지 온갖 일을 도맡으며 청춘을 바친 대가로 남은 피 같은 돈이었다. 그녀는 그 돈을 혼수 장만에 다 퍼부었다. 그들이 원해서가 아니라 그렇게라도 자신의 고마운 마음을 보여주고 싶었다. 동생들이 그새 자라 밥벌이를 하게 되어 그나마 그럴 수 있었다.

그런데 신혼여행을 간 사이 윤 여사는 다른 며느리들을 데리고 그 집으로 쳐들어가 수영이 장만한 세간들을 모조리 재활용센터에 보내버리고 그 자리를 이름난 값비싼 물건들로 새로 채워 넣었다. 신혼여행에서 돌아왔을 때 그녀는 남의 집에 잘못 들어간 줄로만 알았다. 자신이 정성껏 마련해 갔던 살림들이 숟가락 하나 남아있지 않았다.

"암캐도 그 보단 잘해왔을 게다."

윤 여사는 그 후로도 입버릇처럼 그 말을 내뱉었다. '분수껏'이 의미하는 정도는 고부간에 전혀 달랐다. 어떻게 그 수모를 참아냈는지 모르겠다. 수영은 바늘 같은 수모에도 견디지 못하고 파르르 떠는 여자였다. 그러나 윤 여사가 보여준 행패 — 그렇다. 그것은 그녀에게 행패로만 느껴졌다 — 는 그 수모의 정도가 상상을 초월했기에 오히려 그녀는 태연할 수 있었다. 그녀는 윤 여사야말로 암캐라고 생각했다. 아니, 암캐보다 못한 인간이라고 여겼다.

경훈은 하얗게 질린 수영을 보며 어쩔 줄 몰라 했지만 자기 어머니의 행동이 얼마나 사악하고 무례한 짓인지에 대해서는 제대로 알지 못하는 것처럼 보였다. 그는 천생 부잣집 막내아들이었고, 어머니에 대한 애정도 남달랐다. 어릴 때부터 고급 물건에 길들어 안목이 높은 그에게 기실 수영이 꾸몄던 신혼집은 그의 어머니나 마찬가지로 성에 차지 않기도 했을 것이다. 솔직히 그는 자신의 어머니가 새로 꾸며준 이 집이 훨씬 마음에 들지 않았을까.

수영은 입을 꾹 다문 채 서랍 속까지 하나하나 열어보았다. 부엌살림은 말할 것도 없고, 욕실의 화장지까지도 바뀌어 있었다. 나무 향기가 훅 풍기어 오는 고급스런 장롱을 열자 그 속에 걸린 그녀의 옷들은 어울리지 않는 헌옷들처럼 초라해 보였다. 차마 옷까지 바꿔놓지는 못했지만 이것들이 얼마나 윤 여사의 눈에 거슬렸을지, 그들이 이 옷들을 보며 얼마나 비웃었을지는 충분히 짐작할 수 있었다. 경훈의 옷들은 그 옷장 속에서도 잘 어울렸다. 그 대조에 비로소 그녀는 마음이 쓰라렸다.

"미안해. 우리 엄만 너한테 너 좋은 길 해주고 싶어서 그랬을 기야. 노인네들이 왜, 자기 멋대로 생각하잖아? 이러면 네가 기뻐할 걸로 생각했을 거야. 선물이라고 생각하고…."

수영은 경훈의 말에 진심으로 가슴이 아팠다. 그가 그렇게 바보라는 사실을 비로소 깨달았기 때문이었다. 자신이 받은 상처보다 경훈이라는 존재가 오히려 가엾었다. 이 모든 것에서 그녀를 향해 겨누고 있는 날카로운 칼날들이 그에게는 보이지 않는단 말인가. 사람이 이렇게 어리석은 건 죄가 아닐까, 그런 생각마저 들었다. 그녀는 그를 물끄러미 바라보며 말했다.

"기뻐…."

경훈은 수영의 그 말에 얼굴을 붉혔다. 그 말이 설마 진심이라고 여기지는 않았겠지만 그래도 그녀가 예의상 그런 말을 할 정도로는 마음이 풀렸다고 생각한 모양이었다. 그 다음부터는 그의 행동이 훨씬 편해 보였으니까. 그는 확실히 어리석은 남자였다. 그가 순수한 만큼, 딱 그 정도만큼.

그들이 공부방으로 불렀던 큰방에 들어섰을 때, 수영은 영화 속에서나 본 것 같은 웅장한 서재를 만났다. 두 면을 가득 채운 원목 책장은 그녀가 보기에도 근사했다. 그 책장에 가득 꽂힌 경훈의 책들은 윤 여사가 본가에서 실어온 모양이었다. 그녀가 가져온 스무 권 정도의 수학 관련 책들은 아래쪽 구석에 밀려나듯 꽂혀 있었다. 커다랗고 화려한 책상 하나와 비서의 책상처럼 대각선 방향에 놓인 작은 책상 하나가 있었는데, 어느 것이나 최고급의 물건이라는 건 한눈에도 알 수 있었다. 의자도 좋아 보였고, 책상에 놓인 스탠드도 언젠가 사진에서 본 뉴욕 공립 도서관의 스탠드와 비슷한 주물 스탠드였다. 자신이 가지고 싶어 했던 그 물건을 그녀는 쓴 침을 삼키며 바라보았다.

수영이 남편과 의논해서 꾸민 방은 소박하고 조촐했다. 경훈은 그녀의 경제력을 감안해서인지, 아니면 그런 것들에 무심해서인지 뭐든지 그녀가 하자는 대로 했다. 책도 100권 정도만 가져올 거라고 해서 그녀는 한 칸짜리 책장 두 개와 똑같은 책상 두 개를 사서 나란히 놓았다. 동네 제재소에서 만들어온 책장과 책상은 세련되지는 못해도 원목으로 만든 것이었다. 학생들의 공부방처럼 보이는 그 방이 수영은 좋았다. 그녀는 자신의 책상 위 벽에 '페르마의 마지막 정리' 메모를 액자에 넣어 걸어 놓았다. 경훈이 출근하고 나면 고스란히 자신에게 주어질 자유로운 시간에 가슴이 설레었다.

"나, 어쩌면 수학자가 될지도 몰라."

수영의 말에 경훈도 다가와 액자를 들여다보았지만 그는 '세제곱을 두 개의 세제곱의 합…'하고 나가는 첫 머리만 읽고도 머리를 절레절레 내젓고 더 이상 읽지 않았다.

그는 책상 앞에 서있는 그녀를 뒤에서 껴안으며 다정하게 속삭였다.

"어떻게 수학 같은 걸 좋아해? 신기해. 난 성적이 좋았을 뿐이지, 수학은 싫었어. 고액 과외 아니었으면 낙제했을지도 몰라."

"이 사소한 인간아!"

경훈은 그녀에게서 이미 얘기를 들은 터라 그 농담을 이해해서 큰소리로 웃었다. 그는 그녀를 돌려 안았다. 그들은 그 자리에서 사랑을 나누었다.

"책상을 좀 더 넓은 걸로 할 걸 그랬어. 그랬다면 저 위에 널 눕히고 했을 텐데."

굴러다니다 책상 밑으로 머리가 들어간 채 경훈은 그 밑에서 키득거리며 말했다. 저녁 햇살이 비스듬히 들어오던 그날. 그때 그녀는 이세 자신 잎에 펼쳐질 날들이 그렇게 햇살로 가득할 거라고만 여겼다.

수영은 그때의 책상보다 두 배는 넓어진 경훈의 책상을 보며 말했다.

"경훈씨 소원을 어떻게 아셨을까? 설마 그런 소원까지 말한 거야? 저 정도면 충분히 해도 되겠다. 게다가 튼튼하기까지 해보이잖아? 우리 둘이 올라가도 끄떡도 없겠어."

그 와중에도 경훈은 웃었다. 그도 그 날을 떠올렸을 것이다. 그 어리석은 남자가 다시금 그녀를 뒤에서 안으려 다가왔을 때, 그녀는 얼른 몸을 빼어 버렸다. 그녀가 붙여 놓았던 액자는 어디로 갔을까. 이렇게 막돼먹은 여자가 낳은 아들과 나는 살아야 하는가. 액자는 사라졌지만 그녀는 오랜 습관대로 머릿속으로 새로운 문장을 만들어 보았다. 나는 그 여자가 얼마나 형편없는 인간인지 알게 되었지만 인생이 아까워서 그것에 대해 말하지는 않겠다.

그 서재에서 수영은 수학 공부를 하지 않았다. 서재만이 아니라 그 집 전체가 그녀를 밀어냈다. 매일 밥하고, 반찬을 해야 하는 주방과 매일 씻고, 배설해야 하는 욕실이 그나마 조금이라도 편안했다. 서재와 침실은 1년이 지난 지금까지도 서먹서먹했다. 경훈이 출근하면 그녀는 주방 식탁에 앉아 수학 문제를 풀었다. 가끔은 욕조에 따뜻한 물을 받아놓고 반신욕을 하며 그러기도 했다.

그렇게 대놓고 짓밟았음에도 수영이 아무 일도 없던 것처럼 가타부타 한마디 말도 하지 않자 윤 여사는 그녀를 완전히 얕보기 시작했다. 아무리 함부로 대해도 꼼짝도 못할 사람으로 파악한 것이다. 그러자 그녀의 멸시는 노골적이 되었다. 암캐 타령은 약과였다. 원 쯧쯧, 보고 자란 게 있어야지, 너희 집안에서는 그렇게 하나 몰라도 뼈대 있는 집안에선 그렇게 안 한다, 세상에 우리 집안이 어떤 집안인데 대학 문전도 못간 며느리를 얻을 줄 꿈에라도 짐작 했겠니, 무엇을 하든 윤 여사는 보잘것없는 그녀의 집안과 대학 공부 못한 걸 들먹였다. 경훈이 있는 자리에서는 조심을 했지만 어쩔 수 없이 드러나는 그런 멸시 앞에 경훈마저 자신의 어머니와 다투는 일까지 생길 정도였다.

교양으로 치장하고 있는 동서들은 그렇게 대놓고 노골적인 말을 하지는 않았다. 수영 앞에서 그들은 친절했고, 대학이나 전공에 대한 얘기를 가능한 피했다. 하지만 그들의 모든 행동, 모든 말에서 그녀는 그들이 자신을 어떻게 생각하는지 충분히 알 수 있었다. 그런 점에 무딘 경훈마저도 마침내 그것을 깨달을 정도였으니. 그러니 그가 지금 그녀의 행동에 대해 비아냥거리는 건 당연했다. 그것은 그에게 자신의 어머니에 대한 지독한 경멸이나 복수의 행위로 여겨졌을 터였다. 기실 지겹고 혐오스런 이 일에 스스로를 쏟아붓고 있는 그 마음 속 깊은 동기는 무엇일까. 그녀 자신도 알지 못하면서도 그 일을 차마 떨칠 수 없는 어떤 것이 그녀 속에는 분명 있었다.

내가 당신처럼 언어를 잘 구사한다면 그것을 표현할 수 있을까, 그녀는 잠든 남편의 얼굴을 바라보며 혼자 중얼거렸다.

3

윤 여사에 대한 소문은 어느새 병원 전체로 퍼져나갔다. 자식은 못 알아보면서 돈만 보면 환장을 한다고, 그래서 부유한 자식들이 돈을 싸가지고 와서 바친다는 얘기였다. 식당에 내려갔다가 수영도 옆 사람들이 그 얘기를 하는 걸 들었다. 틀린 얘기는 아니었다. 억울한 부분도 없었다. 귀찮게 되었다고만 생각했다. 아닌 게 아니라 살그머니 병실 문을 열고 들어와, 아, 방을 잘못 찾았네, 어쩌고 하면서 베개 밑을 슬쩍 보고 가는 사람들이 점점 늘어났다. 그들은 그 비현실적이고 믿어지지 않는 소문을 제 눈으로 확인하고 싶어

했다. 권태롭고 지겨운 병원 생활에서 윤 여사의 신기한 이야기는 해도 해도 싫증 안 나는 무한정한 화젯거리였다.

　윤 여사는 이름난 양반 가문의 딸이었고, 시댁 역시 명문대가 만석지기 부호 집안이었다. 격동기의 불안 때문이었겠지만 윤 여사는 해방 직후, 패물과 땅을 팔아 남편과 함께 남쪽 땅으로 내려왔다. 가져온 재물이 워낙 컸던 터라 이남 땅에 쉽게 뿌리를 내릴 수 있었다. 재운도 있었다. 처음에 내려와서 차린 쌀가게도 목이 좋아 수입이 짭짤했지만 돈이 모이는 족족 나중에 과수원이라도 차리려고 강남에 사 둔 땅들이 폭등을 했다. 그 바람에 그들은 엄청난 재산가가 되었다. 몇 년 뒤 윤 여사의 남편이 시름시름 앓더니 세상을 떠났다. 그러고 나자 윤 여사는 주변의 일들을 깨끗이 정리하고는 대갓집 종부로서 사라진 집안의 맥락을 이 남쪽 땅에 잇기 위해서라며 그간 몸에서 떼어놓았던 양반 집 마님 노릇을 다시 시작하였다. 명문대가 아니라 왕족이었어도 뼈를 추스를 수 없는 세태에 근엄한 양반 집 체통을 낱낱이 되살려 복원해냈다.

　"아버지가 돌아가시자 엄마는 다른 사람이 된 것 같았어. 아마 아버지의 죽음이 충격이 컸던 모양이야. 그만큼 아버지를 의지했겠지. 그때 살던 강남의 아파트에서 한남동의 지금 집으로 이사를 하더니, 그때부터는 한복만 입고, 뭐든지 격식을 차려 하기 시작했지. 형들과 나는 입주 가정교사한테 예절 교육까지 배웠다니까. 말도 마. 무슨, 우리가 양반이면 얼마나 대단한 양반이라고, 내 참! 식사 예절에다 말투 하나 하나 야단을 맞는데, 익숙해질 때까지 무지 힘들었어."

　언젠가 경훈이 해준 얘기였다. 그러면서도 끝끝내 그는 '엄마'라는 말을 버리지 못했다. 막내로 엄청난 귀여움을 받고 자란 그로서는 '엄마'를 하루 아침에 '어머니'로 부르는 일만은 할 수 없었다. 어른이 되고서도 그는 남들 앞에서만 '어머니'라고 할 뿐이었다. 그렇게 오늘에 이른 것이다. 쌀집만 해도 사람을 두고 했으니 윤 여사는 말 그대로 손가락으로 물 한 방울 안 튕기고 평생을 살아온 사람이었다. 대체 그런 윤 여사의 삶의 어느 대목에 돈에 대한 저런 흉물스런 집착이 밸 틈이 있었을까. 수영은 윤 여사를 돌보면서 곧잘 그런 생각에 잠기곤 했다. 아니, 그녀만이 아니라 식구들 모두가 그 점을 궁금해 했다. 결론은 언제나 같았다. 모든 인간 속에는 탐욕의 욕망이 있는 법이라고, 그들은 그렇게 말하며 고개를 끄떡였다.

불쑥불쑥 찾아드는 사람들이 귀찮아 병실 문을 아예 잠그고 지내던 어느 날이다. 마침 식사를 주고 나간 끝이라 문이 열린 틈에 웬 사내아이 하나가 슬며시 병실 문을 밀고 들어온다. 초등학교 2, 3학년쯤 되어 보이는 아이였다. 아이는 어른처럼 방을 잘못 찾은 척하기는커녕 누구냐고 묻기도 전에 제가 방을 제대로 찾았는지 확인까지 한다.

"실례합니다. 여기가 돈 할머니 방 맞나요?"

"뭐?"

마침 윤 여사에게 미움을 떠넘기고 있던 수영은 엉뚱한 꼬마의 말에 어이가 없어 되묻는다. 아이는 조금도 거리낌 없이 다가오더니 그녀한테 가려져 보이지 않는 베개 밑을 들여다보려 한다.

"히히, 사람들이 다 그렇게 불러요. 자식은 못 알아보는데 돈만 보면 정신을 못 차린다고!"

"어떤 사람들이 그래?"

수영은 다 알면서도 부러 묻는다.

"전부 다 그래요, 간호사 누나까지 그러는 걸요."

수영은 그제야 미음 그릇을 치우며 아이가 베개를 볼 수 있게 비켜준다. 솔직한 아이가 차라리 밉지 않다. 윤 여사는 자기 얘기를 하는지도 모른 채 여전히 무심한 표정으로 누워있다. 아이 역시 그녀에 대해서는 별로 관심이 없고, 오직 베개 밑의 돈에만 관심이 있다.

"와, 저렇게 보이는 게 다 돈이니 되게 많겠네요! 부럽다!"

아이는 귀염성 있는 얼굴을 갸웃거리며 말한다.

"돈 많은 게 부럽니?"

수영은 아이의 천진한 모습이 밉지 않아 말을 건다.

"그럼 돈 많은 게 안 부러워요?"

아이는 한심스런 질문을 하는 사람도 다 봤다는 듯한 표정으로 수영을 올려 본다.

"네가 돈 쓸데가 어디 있다구?"

그녀가 무심하게 말하자 아이의 얼굴에 희미한 노여움 같은 표정이 떠오른다.

"왜 없어요? 우리 아빠 병실부터 옮겨드릴 거고요, 왜냐면 옆 아저씨가 코를 하도 골아서 우리 아빠가 잠을 못 자거든요, 또 맛있는 것도 사드리고, 형도 공장 그만 두고 대학에 가게 해주고, 방 두 개짜리 집으로 이사 가서 할머니 방도 드리고, 돈 있으면 그런 거 다 할 수 있잖아요?"

수영은 아이의 뜻밖의 말에 허를 찔린 듯 놀라 새삼 아이의 모습을 자세히 살핀다. 기껏해야 장난감이나 사겠다고 할 줄 알았던 것이다. 깨끗하게 차려입은 입성이나 오목조목 귀티 나는 얼굴을 봐선 그 아이가 말하는 가난이 좀체 실감나지 않는다. 인상이 좋아서일까. 왠지 어디선가 본 것 같은 얼굴이기도 했다.

"아빠가 입원해 계시니?"

"예. 우리 아빠 택시 기사님인데요, 잘못해서 사고가 났어요. 우리 아빠가 잘못한 게 아니에요. 우리 아빠 30년 무사고 모범기사예요."

"그랬구나. 많이 다치셨니?"

"예. 허리를 다쳐서 걷지를 못 하세요. 아직도 한참이나 입원하셔야 한대요."

"저런, 큰일이구나."

"아네요. 아주 큰 사고였는데, 목숨을 건져서 다행이라고 다들 그래요."

"그래, 정말 그렇구나."

수영은 웃어주고 싶지만 그러지 못한다. 아이의 나이답지 않은 어른스러운 말투와 그러면서도 배어 나오는 천진스러움 때문에 왠지 웃을 수가 없다. 그녀는 지갑에서 만 원짜리 지폐 한 장을 꺼내 아이의 손에 쥐어준다.

"먹고 싶은 거 사먹어."

아이의 얼굴에 아까 본 그 희미한 노여움의 표정이 다시 떠오른다. 아이는 공손하게 돈을 돌려주며 말한다.

"감사합니다만 이유 없는 돈은 받을 수 없습니다."

아이는 갑자기 십 년이나 불쑥 커버린 듯 분명 누군가에서 교육받아 암기했을 말을 엄숙하게 뱉는다. 수영은 그 엉뚱한 모습에 그만 웃음을 터뜨리고 만다.

"하하, 어디서 그런 말은 배웠어?"

그녀의 말에 아이 역시 얼굴이 발그레해져서는 대답한다.

"할머니한테 배웠어요. 할머니가 이유 없는 돈은 절대 받으면 안 된다고 하셨어요. 그건 거지나 다름없다고요."

진지하게 말하는 아이의 모습은 영락없는 옛날 양반집 도련님이다. 그러는 아이가 귀여워서 그녀는 다시 돈을 내밀며 말한다.

"왜 이유가 없어? 네가 기특해 보여서 과자라도 사먹으라고 주는 건데. 어른이 주는 건 받는 거야."

그러자 아이는 정중하게 두 손을 내밀며 돈을 받는다.

"네! 감사합니다!"

아이는 금세 제 나이의 아이로 돌아온다. 돈을 받아 좋은지 싱글벙글한 표정이 몹시도 사랑스럽다. 집안이 어려운 것 같은데도 아이는 가정교육을 잘 받은 티가 절로 배어난다. 수영은 자기도 모르게 손을 뻗어 아이의 보드라운 머리를 쓰다듬어 준다. 이런 아이라면 낳아 키워보고 싶다는 생각이 불쑥 든다.

경훈은 결혼할 때부터 3년은 아이를 낳지 말자고 했다. 낭만적인 그는 둘만 지내는 시간을 적어도 3년은 갖자고 한 것이다. 그 아까운 3년이 이런 시간으로 소모될 줄은 그도 몰랐을 것이다. 문득 수영은 그의 상실감에 가슴이 아파온다. 그가 생각한대로 달콤한 신혼을 보내고 있지는 못 하지만 약속대로 피임만은 하고 있다. 그러나 이 아이를 보자 그녀의 마음은 흔들린다. 버릇없고 정신없는 아이들을 좋아하지 않는 그녀였다. 윤 여사의 어린 손주들

중에서 마음에 드는 아이는 하나도 없었다. 그 아이들은 하나같이 무례하고, 밉살스러웠다.

아이는 그새 베개를 뚫어지게 보고 있다. 들춰보고 싶어 죽겠다는 표정이 그대로 얼굴에 떠올라 있다.

"할머니가 베개 건드리는 거, 아주 싫어하시거든."

수영이 그렇게 말해주자 아이는 얼른 눈길을 거두며 "네! 알겠습니다!" 하고 씩씩하게 대답한다. 윤 여사가 손자를 맡아 키웠다면 이렇게 키웠을까. 문득 그녀는 그런 생각을 한다. 며느리들의 품에서 자란 손자들은 하나같이 버릇이 없었다. 윤 여사는 그런 손자들을 못마땅해 했고, 예절 바른데다 얼굴이며 성질이며 자기를 빼다 박은 소라만을 어여뻐하였다.

문득 아이의 눈길이 베개를 떠나 어딘가에 붙박힌다. 아이는 침대 머리맡에 붙어있는 명찰을 유심히 바라보고 있다.

"이게 누구 이름이에요?"

명찰에는 윤 여사의 이름 윤미서가 적혀 있다.

"그거야 할머니 성함이지."

"야! 우리 할머니하고 이름이 똑같네. 신기하다! 우리 할머니 존함도 윤자, 미자, 서자거든요. 와, 진짜 신기하네!"

"뭐가 그렇게 신기해? 세상엔 같은 이름이 얼마든지 있어."

내 말에 아이는 고개를 강하게 내저으며 대답한다.

"아니에요. 난 우리 할머니하고 똑같은 이름, 처음 봐요. 할머니들 이름은 간난이나 말숙이나 미자 같은 이름이라고 우리 할머니가 그러셨어요. 정말로 내 친구들 할머니 이름은 다 그래요. 걔네들은 할머니 이름도 모르긴 하지만 내가 알아오라고 해서 조사한 거예요. 우리 할머니 이름은 아주 귀한 이름이랬어요. 우리 외증조 할아버지께서 오래오래 고민하셔서 지어주신 이름이랬는 걸요."

"듣고 보니 네 말도 맞네. 여기 할머니도 양반 집 귀한 딸이라 귀한 이름을 지으셨을 거야."

"아, 네!"

아이는 고개를 끄떡이면서도, 정신 나가서 돈만 밝히는 윤 여사를 그다지 양반이라고는 생각하지 않는 모습이 역력하다. 그런 아이를 보니 수영은 자꾸만 웃음이 나온다. 아이는 갑자기 그녀를 보더니 예의 정중한 어투로 묻는다.

"저, 실례가 안 된다면 저 할머니 성함을 한자로 좀 써주시겠어요?"

다행히 수영은 윤 여사 이름의 한자를 알고 있었다. 윤 여사한테 인사를 가기 전에 경훈이 일부러 한 자 한 자 써주면서 설명을 해준 적이 있었다. 어머니가 자신의 이름에 대해 자부심이 깊으니 한자를 잘 알아놔야 한다고 했다. 아이는 그녀가 써준 한자를 뚫어지게 보더니 말한다.

"신기하네요. 한자까지 똑같아요. 우리 할머니가 기뻐하시겠어요!"

그러면서 아이는 수영을 향해, 실례가 많았습니다, 라고 또 어른 같은 인사를 내뱉더니 쪼르르 달려 나가 버린다.

아이의 뒷모습을 바라보다 윤 여사를 보니 그녀는 그새 베개 밑에서 돈을 꺼내 만지작거리고 있다. 수영은 그 모습을 물끄러미 바라본다. 가슴속으로 스산한 바람이 불어온다. 물기가 다 빠져버린 듯 생기라곤 없는 얼굴로 교정쇄에 코를 파묻고, 틀린 글자를 뽑아내던 더 젊은 날의 자신이 문득 떠오른다.

아무렇게나 질끈 동여맨 머리, 두꺼운 안경, 검은 토시, 그렇게 기를 쓰고 일해도 순식간에 사라져 버리는 얇은 월급봉투, 어머니의 한숨과 동생들의 어두운 얼굴. 그나마 고통스레 목숨을 잇던 아버지가 2년 만에 세상을 뜬 게 그중 나은 일이었을까?

그런 세월이 9년이었다. 그리고 한 남자가 있었다. 박. 철. 호. 수영은 아주 오랜만에 그 이름을 한 글자씩 되뇌어 본다. 석고처럼 굳어버린 그녀의 심장을 녹여버릴 만큼 따듯한 시선으로 감싸주던 남자.

결코 그에게 마음을 열지는 않았다. 똑같은 처지의 궁상맞은 그 남자를 사랑하는 일은 비참하다 못해 혐오감이 치밀곤 했다. 그를 보고 있으면 바로 자신의 몰골을 보고 있는 것 같아 소리라도 질러주고 싶었다. 그래도 그는 말없이 그 모든 것을 받아들여주며 9년의 세월 동안 그녀의 옆에 있어주었다. 아무런 약속도, 대가도 없이 그저 그녀를 바라만 보고, 지켜만 주던 사람.

단 한 번, 그에게 채무감 비슷한 느낌을 가진 순간이 있었다. 내가 뭐 그리 잘났나, 하는 스스로에 대한 회한이 몰아칠 때였다. 수학 문제로도, 페르미의 정리로도 자신을 추스를 수 없었을 때, 미래라곤 안 보이고, 모든 것은 끝없이 지겹게 회전하는 무한반복소수 같고, 이제 그만 모든 것을 끝내고만 싶었을 때, 수영은 그에게 자신의 몸을 주었다. 그렇게 말할 수밖에 없었다. 그들은 함께 몸을 나누지 않았다. 그녀는 빚을 갚듯 자신의 몸을 내주었고, 그는 선물처럼 그것을 받았다. 충동적인 그 정사는 아무런 대비가 없었던 탓에 그대로 한 생명이 되었다. 그녀는 아이가 그렇게 쉽게 생길 수 있다는 사실에 경악했다. 고민할 여지라곤 없었다. 그녀는 그와 단 한 번의 정사로 가진 아이를 수술대 위에서 지웠다. 그에게는 한 마디 의논도 하지 않았다. 그녀는 그를 조금도 사랑하지 않았으므로 그러한 결정에 망설임이라곤 없었다. 가책도 없었다.

경훈이 나타난 것은 바로 그 무렵이었다. 그는 신문사 문화부 기자로서 소규모 출판 실태를 취재한다며 어느 날 그곳에 나타났다. 그 출판사 사장과 대학 선후배 사이이기도 해서 그렇게 사이를 트자 그 뒤로는 드나드는 횟수가 잦아졌다. 경훈이 그녀의 눈에 들어온 것이 박철호와 육체관계를 맺기 전인지 후인지, 아이를 지운 후인지 전인지 그녀는 기억이 헷갈린다. 그것은 중요하지 않았다. 경훈 때문에 박철호를 버린 것은 아니었으니까. 박철호와는 언제 헤어져도 헤어질 마음의 각오가 늘 되어 있었다. 아니, 그녀에게 있어 그는 단 한 번도 사귄 적이 없는 남자였다. 그 혼자 그녀를 사모했고, 그가 자처해 그녀를 지켜주었을 뿐이었다. 그것조차도 그녀는 채무감을 느껴 빚을 갚았다. 그것으로 모든 계산이 끝난 사이였다. 그렇게 그녀는 믿고 있었다. 경훈이 그녀의 마음에 들어오자 그녀는 묶은 머리를 풀었고, 두꺼운 안경을 벗었으며, 검은 토시도 빼버렸다. 수영에게 먼저 접근한 것은 분명 경훈이었지만 자신의 모습이 그의 눈에 띄게끔 용의주도하게 그의 시선 미치는 곳을 찾아다닌 것은 바로 그녀였다.

오랫동안 짝사랑을 바쳐온 수학도 한 역할을 했다. 처음 경훈의 데이트 신청을 받고, 그의 차에 타게 되었을 때 수영은 차 번호판이 1729인 것을 보았다. 1729는 특별한 숫자였다. 그것은 라마누잔이라는 인도의 천재 수학자가 정의를 내린 숫자였다. 그녀는 그 얘기를 그에게 해주었다.

"어떻게 정의를 내렸는데요?"

경훈의 질문에 그녀는 정확하게 대답했다.

"1729는 두 세제곱 수의 합계를 두 가지 다른 방식으로 표현할 수 있는 최소 숫자예요."

얼떨떨한 표정으로 그녀를 보는 경훈에게 그녀는 수첩을 꺼내 숫자를 적으며 설명해주었다.

$$1729 = 12^3 + 1^3 = 10^3 + 9^3$$

경훈이 그런 정의의 의미를 중요하게 생각했을 리는 없었다. 수영이 노린 것도 그것은 아니었다. 그녀는 단지 그에게 다른 여자들과는 구별이 되는 여자로 보여야 했을 뿐이었다. 고졸의 출판사 하급직원에 대한 그가 지니고 있을 편견도 깨주고 싶었다. 1729, 한두 번의 데이트로 끝났을 그 만남이 그대로 이어진 데에는 그 숫자가 만들어준 강력한 인상도 보탬이 되었다고 나중에 그는 말했다. 그녀가 새롭게 보였다고 했다. 문과생들은 수학에 약하다는 것을 그녀는 잘 알았다. 그녀는 수학 문제를 풀어가듯이 단계적으로 그를 유혹했다.

수영은 경훈의 거리낌 없고 자유로운 분위기가 싱그러웠다. 내가 빼앗긴 것을 지니고 있는 사람. 그녀는 그 냄새를 한껏 들이키고 싶었다. 가족의 부양이라는 무거운 짐을 어깨에 짊어진 채 10년 가까운 청춘을 새까맣고 자잘한 글씨만 들여다보며 보낸 세월이, 말쑥하고 당당한 경훈의 앞에서는 왜 그리 초라하고 부끄러웠던가. 수학 공식을 외우듯이 그녀는 날마다 이것이야말로 사랑이라고, 나는 경훈을 사랑하고 있다고, 열심히 자신에게 들려주었다.

4

　꼬마 신사 같이 양복을 말끔히 빼어 입고, 머리는 무스를 발라 싹 빗어 넘긴 성준이 의자를 디디고 서서 만 원 지폐 한 장을 가지고 윤 여사를 놀리고 있다. 얼굴 위에서 왔다 갔다 하는 돈을 보자 윤 여사의 눈은 다시 생기로 빛난다. 맥이 풀려 처진 입가도 새로이 기쁨으로 씰룩거린다. 그녀는 돈을 잡으려고 오른팔을 뻗지만 팔은 마음먹은 대로 움직여주지 않는다. 성준은 심술궂은 작은 악마가 되어 지폐를 바로 윤 여사의 손끝까지 닿게 했다가 그녀가 잡을만하면 재빨리 다시 올리는 짓을 되풀이하며 약을 올리고 있다. 옆에 서있는 성준의 동생인 성혁도 깔깔대며 박수를 치고 있다. 품안에 들어온 보물을 놓친 윤 여사의 얼굴은 상처 입은 짐승처럼 일그러진다.

　"누가 보면 우리 어머님, 꼭 돈에 포한진 분인 줄 알겠어. 평생 화초같이 사신 분이…."

　아들이 하는 짓을 가만히 보고만 있던 작은 동서가 먼저 말을 꺼낸다. 하늘하늘한 남빛의 실크 원피스가 그녀의 날씬한 몸매 위에서 매혹적으로 흔들린다. 잘 나가는 패션 디자이너답게 세련된 여자다. 그녀의 남편인 최 교수가 허허 웃으며 대꾸한다.

　"아, 그러게 죽은 사람도 살리는 게 돈이라잖아? 하긴 어머님처럼 돈을 더러운 걸로 여기시는 분도 없었는데. 어쨌거나 어머님한테 이런 낙이라도 있어서 다행이지."

참 죽이 잘 맞는 부부구나, 수영은 생각한다. 그러면서도 아이들을 바라
보는 그녀의 눈길이 싸늘했던지, 힐끗 옆 눈으로 그녀를 보던 성준네는 부드
러운 목소리로 애들을 타이르는 시늉을 한다.

"애들아, 할머니를 너무 귀찮게 하면 안 돼요!"

그 순간 엄마를 돌아보느라 성준이 무심코 팔을 내린 새, 윤 여사는 잽싸
게 성준의 돈을 낚아채서는 헤벌쭉 웃음 비슷한 표정을 짓는다. 옆에서 보고
있던 성혁이 재밌어 죽겠는지 발까지 구르며 소리를 지른다. 그 애들의 부모
도, 와, 하고 환성을 지르며 윤 여사의 승리를 축하해 준다.

"야, 할머니 솜씨가 많이 느셨는데, 허허!"

"어유, 우리 성준이가 졌구나. 이걸 어쩌지? 호호!"

그들 내외는 수영이 들으라는 듯 일부러 호들갑을 떨며 웃어댄다. 하지만
그녀가 표정을 허물지 않자 그들의 웃음 끝도 무안한 듯 엷어진다. 성준은
의자에서 내려오더니 제 어미에게로 쪼르르 달려간다.

"엄마, 엄마, 만 원짜리 또 줘!"

"예끼, 이 녀석! 할머니를 놀리면 못 쓴다니까!"

다분히 수영의 시선을 의식한 최 교수가 빙금 진과는 달리 갑자기 엄한
목소리로 아들을 나무란다. 그러나 아버지의 나무람에 그다지 진심이 담기
지 않았다는 것쯤은 아들이 더 잘 아는 법이다.

"할머니가 좋아하잖아, 뭐. 빨리 줘. 아빠가 돈 줘!"

"말이야 바른 말이지, 저 낙도 없으면 어머님이 무슨 재미로 사시겠어?

성준네가 아까 남편이 한 말을 상기시키며 아들의 역성을 든다.

"그래, 당신 말이 맞네. 어머니가 좋으시면 다 좋은 거지. 자, 여기있다!"

최 교수가 못 이기는 척 돈을 꺼내 아들에게 준다.

"이젠 나 할 차례야. 왜 형만 해?"

두 아이는 그 재미난 장난을 서로 하겠다고 아우성이다.

"자, 자, 여기있다, 성혁이 너도 따로 하면 되잖냐? 할머니 놀래시니까 그렇게 시끄럽게 굴지 마, 알겠어?"

아버지에게서 돈을 받아든 형제는 신이 나서 팔짝팔짝 뛰면서 좋아라 다시 의자로 올라가 예의 그 장난질을 되풀이한다. 이젠 그 부모들까지도 수영 따윈 안중에도 없다는 듯 자기 아들들이 하는 짓거리를 똑같이 흥미진진한 표정으로 들여다보고 있다.

그때 문이 열리며 소라가 들어선다. 마침 형제가 나란히 의자에 올라서서 노인네를 만 원짜리 지폐로 꿇리고 있을 때다. 성준이 살짝 내린 지폐가 아슬아슬하게 윤 여사의 손끝에 잡히질 않아 안달하는 순간이다. 소라의 얼굴이 새파랗게 질린다. 소라는 들고 있는 가방을 그대로 떨어뜨린다. 그러더니 성준에게 다가가 재빨리 돈을 낚아채곤 제 분에 못 이겨 아이의 뺨을 찰싹 때린다. 그런 다음 숨 쉴 틈도 없이 손에 들린 만 원 지폐를 조각조각 찢어발긴다. 성준이 울음을 터뜨리며 발을 구르고, 성혁도 덩달아 울음을 터뜨린다. 너무나 갑작스런 소라의 행동에 놀라 멍하니 바라만 보던 성준네가 그제야 새된 소리를 지른다.

"아니, 소라야! 이게 무슨 짓이야? 넌 눈에 보이는 게 없니, 응?"

그 와중에도 윤 여사는 돈을 찢는 걸 보며 울음소리 같은 신음소리를 계속 내고 있다.

"할머니!"

소라는 성준네의 말에는 아랑곳하지 않고, 북받치는 울음을 주체 못해 밖으로 달려 나가 버린다.

"아니, 저 년이 미쳤나?"

고상한 성준네의 입에서 기어코 욕설이 튀어나온다. 성준네의 가녀린 어깨가 분노로 파들파들 떨리는 게 수영의 눈에도 보인다. 성준네는 그녀를 돌아본다. 얼음처럼 차가운 시선이다.

"동서, 이따 소라 들어오면 우리 집에 사과하러 오라고 해. 세상에, 기가 막혀서, 천하 없는 상것이지, 저게!"

성준 엄마의 그런 말투는 쓰러지기 전 윤 여사의 말투와 흡사하다. 천하 없는 상것, 이란 말은 어조까지 그대로다. 그리고 그들은 인상을 찌푸린 채 아이들을 몰고 가버린다.

찢어진 돈 조각들이 병실 바닥에 이리 저리 굴러다니고 있다. 윤 여사는 여전히 끙끙, 신음소리를 내고 있다. 수영은 무심코 그것들을 내려다본다. 아버지가 살아 있을 때도 그녀의 집은 넉넉하지 못했다. 아버지의 병 치료에 여기저기 얻다 쓴 논도 적지 않았다. 너 이상 손 내밀 곳도 없어졌을 때, 아버지는 죽음 직전의 마지막 고통을 극심하게 겪고 있었다. 병원에서도 이미 내친 환자였으니 그들이 아버지를 데리고 갈 곳은 없었다. 끔찍한 고통으로, 살려 줘, 살려 줘, 나 좀 어떻게 해줘, 하고 비명을 질러대는 아버지를 위해 모르핀 한 병이라도 맞혀주고 싶었지만 그때 그들에겐 정말 한 푼의 돈도 없었다. 죽을 때까지 그녀의 뇌리에 박혀 무덤으로 가져갈 기억이었다.

"아이고, 아이고, 애, 인경아, 어떻게 좀 해 봐라! 그래도 너밖에 더 있니?

어떻게 좀 해봐. 이왕 가는 길이라도 저렇게야 어떻게 보내냐? 이 찢어발겨도 이가 갈릴 놈의 세상, 니미럴, 육시럴 놈의 세상!"

어머니는 '상것'이라 욕을 잘했다. 어디든 달려가 다시금 돈을 빌려야 했다. 하지만 수영에게 더 이상은 그럴 곳이 없었다. 그저 어머니의 욕보다 더 더러운, 더 끔찍한 욕을 퍼붓고만 싶었다. 어머니는 울면서 죽어라고 욕을 해댔고, 아버지는 방을 데굴데굴 굴러다니며 마지막 절규를 쥐어짜다 그대로 숨을 거두었다. 눈조차 감지 못하고 홉 뜬 채였다. 모르핀 주사 한 대라도 맞힐 수 있었더라면, 마지막 가는 길을 고통 없이 편안하게, 인간다운 존엄성을 잃지 않은 채 가게 할 수 있지 않았을까? 적어도 통증에 몸부림치다 홉 뜬 눈으로, 그렇게 흉측한 모습으로 가게 하지는 않아도 되지 않았을까? 저기 굴러다니는 저 돈 조각들만큼만 있었어도.

수영은 나오려는 눈물을 얼른 고개 젖혀 안약을 집어넣듯 도로 흘려 넣는다. 그녀는 잠시 눈을 뜬 채 그러고 있는다. 눈물은 아무 것도 해결해 주지 않는다. 절대로 울지 않겠다고 마음먹었던 때가 언제였던가. 이제 나오는 눈물을 도로 흘려 넣는 일 따위는 몸에 익을 대로 익은 습관이 되었다. 그녀는 울지 않았다. 울지 않고 세상을 건너왔다. 그녀는 몸을 구부려 바닥에 흩어진 돈 쪼가리들을 하나라도 날려 보낼까 조심스레 주워 모은다. 그녀는 그것을 창턱에 늘어놓고 모양을 맞추기 시작한다.

"지금 뭐하시는 거예요?"

어느새 소라가 들어와 있다. 언제나 수영을 따르는 소라였건만 오늘은 목소리가 곱지 않다.

"뭐하시는 거냐구요?"

소라가 재차 묻는다. 정말로 저 애는 윤 여사를 그대로 닮았구나. 수영은 그 애의 목소리를 들으며 그런 생각만 잠시 할 뿐, 돈 조각을 붙이는 일을 멈추지 않는다.

"그냥 버려요, 그 돈! 구역질나요! 더럽다구요!"

그러나 수영은 들은 척도 않고 계속 돈의 모양을 정성껏 맞추어 나간다. 그런 다음 서랍에서 테이프를 꺼내 조각조각 찢긴 상처투성이의 돈을 세심하게 붙인다.

"그냥 버리라니까요!"

소라가 드디어 앙탈을 부린다. 수영은 고개를 돌려 소라를 바라본다. 그 애의 얼굴은 눈물로 범벅이 되어 있다. 그 눈물을 보자 마음속 깊은 곳에서 분노와도 같은 역겨움이 치밀어 오른다. 그녀는 자기도 모르게 말을 내뱉고 만다.

"너 따위한테 그런 권리가 있는 줄 아니? 네가 천 원 한 장이라도 네 손으로 벌어본 적이 있어?"

수영은 숨을 가다듬는다. 이 애한테 내가 왜 이러는가.

소라는 갑작스레 돌변한 그녀의 태도에 놀라 눈을 둥그렇게 뜨고 있다. 그녀의 목소리는 다시 차분하고 냉정해진다.

"만 원짜리 한 장이 없어서 가슴에 못을 박고 평생을 살아가는 사람도 있어. 돈을 우습게 아는 사람, 돈에 목매다는 사람보다 더 더럽게 느껴진다, 나는."

수영은 돌아서서 찢어진 돈을 마저 붙인다. 이제 다시 제 모습을 찾은 돈을 윤 여사의 손에 가만히 얹어준다. 윤 여사의 눈빛이 비로소 흡족해 보인다. 그녀는 다시 비뚤어진 입을 힘들게 움직이며 감사의 말을 꺼낸다.

"고, 고맙소, 색시. 고, 고맙소."

5

진동으로 해놓은 핸드폰이 탁자 위에서 드르르륵, 요란한 소리를 낸다. 보호자 침대에 엎드린 채 스탠드만 켜놓고 책을 읽던 수영은 얼른 손을 뻗어 전화를 받는다. 그러면서도 그녀는 습관처럼 윤 여사를 바라본다. 그녀는 미동도 않은 채 잠들어 있다.

경훈의 전화다. 그의 목소리는 몹시 취해 있다.

"뭐하고 있었어?"

경훈이 묻는다.

"많이 취했네."

수영이 답한다.

"뭐하고 있었냐고 물었잖아, 내가?"

경훈이 언성을 높이며 묻는다. 수영은 잠자코 있다. 이 남자는 지금 나한테 시비를 걸고 싶구나, 순간 그의 외로움이 고스란히 느껴져 그녀는 등줄기가 시리다. 손목시계를 보니 새벽 2시가 넘어 있다. 신문기자답지 않게 경훈은 술자리의 번잡함을 싫어했다. 직업상 그런 자리에 끼는 일을 무엇보다도 고통스러워했고, 어쩌다 그런 자리에 끼어도 소리 없이 일찍이 자리를 뜨곤 했다. 이 시각까지 술을 마셨다면 마음 맞는 사람 두셋이 마셨거나 혼자 마셨을 확률이 컸다.

"뭐하고 있었어?"

다시금 그가 묻는다. 어느새 그는 원래의 자상한 목소리로 돌아와 있다.

"책 읽고 있었어. 경훈씬 혼자 술 마셨어?"

수영이 겨우 입을 열어 말했지만 그는 자신의 질문에만 충실하다.

"무슨 책?"

다시 그가 묻는다.

"내가 읽는 책이 그렇지, 뭐."

그녀는 부끄러운 생각에 말꼬리를 사린다.

"그러게 무슨 책인데?"

경훈은 이제 장난을 치듯 짓궂은 어조로 엉긴다. 수영은 스탠드 밑에 읽다 엎어둔 책으로 눈길을 준다.

"전공 수학 문제집."

그녀가 기어 들어가는 목소리로 말한다.

"으하하하!"

예상대로 경훈은 웃음을 터뜨린다.

"으하하하, 내 사랑, 수영아, 내 사랑 그대는 대체 어디서 그런 책은 맨날 구해다 보는 거지?"

경훈의 시원한 웃음에 그녀도 문득 유쾌해진다. 가슴 위에 놓인 맷돌을 누가 치워준 것만 같다.

"재밌냐, 그런 책이?"

이제는 완전히 명랑해진 음성으로 그가 또 묻는다.

"재미있으니까 보지."

그의 기분에 힘입어 그녀도 명랑하게 대꾸한다.

수영이 가장 좋아하는 세계는 완벽하게 순수한 수의 세계였다. 인격이나 현실이 전혀 개입되지 않은 완벽하게 추상적인 수의 세계, 물리나 화학조차도 그녀에게는 현실이 깃든 구체적 세계였다. 아무런 실용성도 목적도 없이 복잡한 수식을 푸는 과정만이 그녀한테는 휴식이었다. 수식의 세계는 명료했다. 불분명한 것도 모호한 것도 없었다. 그녀가 사랑하고 꿈꾸는 세상은 그런 것이었다. 전공 수학 문제집은 교원 임용 고시를 대비한 책이었다. 수학 선생님이 되고자 하는 사람들에게 그 책은 대단히 실용적인 책일 것이다. 하지만 그녀에게 그 책은 오직 순수하게 숫자를 가지고 놀 수 있게 해주는 대상일 뿐이다. 복잡한 미적분 문제를 푸는 일이 그녀에게는 이 불분명하고 모호한 세상을 살아가는 일보다 훨씬 더 쉽고 간단했으니까.

"수영아."

갑자기 그의 음성이 낮아진다.

"보고 싶어."

그녀는 아무 말도 할 수 없다.

"지금 당장 네가 보고 싶어."

그가 다시 한 번 말한다.

"그럼 이리로 와."

어쩔 수 없이 그녀가 말한다.

"이수영!"

그가 그녀의 이름을 다시 부른다.

"듣고 있어?"

"응."

그녀가 대답한다.

"널 안고 싶단 말이야, 지금 당장, 뜨겁게, 거기선 그럴 수 없다는 걸 알지? 나, 지금 병원 앞이야. 내려와, 지금 당장, 바로 응급실 앞에 있으니까."

경훈이 단호하게 말한다.

"안 돼. 어머님 혼자 둘 수 없잖아? 그냥 당신이 이리 올라와. 내일 토요일 이니까 내일 만나고…."

그녀가 변명처럼 머뭇머뭇 말하는데, 그가 다시 한 번 강하게 말한다.

"당장 이리 내려와, 그 노친네, 무슨 일 생겨도 상관없어, 이미 내 어머니 는 돌아가신 거야, 그건 내 어머니가 아니야, 그건 살아있다고 할 수 없는 이 상한 존재야, 내 어머니를 모독하지 마, 그건 내 어머니가 아니라구, 내려와, 지금 당장, 안 내려오면 다시는 널 안 볼 지도 몰라, 당장, 당장 내려오라구, 알았지?"

전화는 그 말만을 남기고 끊긴다.

핸드폰을 든 채로 수영은 잠시 앉아 있다. 내려가야 할 것이다. 이렇게 간 절히 나를 찾는 그를 나는 거부할 수 없다. 그런데도 무엇인가가 그녀를 잡 아당긴다. 이대로 있고 싶다. 뜨겁게 나를 안고 싶어 하는 그에게 나는 아무 것도 줄 수 없다. 그녀는 그것을 잘 알았다. 있는데 주지 않는 게 아니었다. 그에게 줄 아무 것도 그녀는 지니고 있지 못했다. 이미 모든 것을 소진했다. 쓰지도 않았는데 소진되어 버린 그것, 열정이란 것은 그렇게 쓰지 않아도 저

절로 소진되어 버리기도 했다. 오래 쓰지 않은 향수가 저절로 증발해 버리듯이.

미안했다. 자신 속의 이미 타버린 잿더미를 아무리 들쑤셔 보아도 잉걸불 하나 남아 있는 게 없었다. 수영은 진심으로 경훈에게 미안했다. 이렇듯 잉걸불 하나 남아 있지 않은 줄 알았으면 결혼을 해서는 안 되었다. 그런데 그녀는 결혼을 했다. 너무 지쳐서, 너무 고단해서 쉬고 싶었다. 그것이 얼마나 엄청난 잘못인지 그녀는 결혼을 한 뒤에야 깨달았다. 다른 남자 같았으면 그것은 큰 잘못이 아니었을 지도 몰랐다. 하지만 경훈 같은 부류의 남자에게 그것은 엄청난 잘못이었다. 그녀는 그에게 못할 짓을 한 것이었다.

수영은 창가로 다가간다. 이쪽은 병원 후문 쪽이라 영안실의 희미한 불빛이 눈에 들어온다. 앞문에는 응급실, 뒷문에는 영안실, 지금 저 영안실에 누워 있는 시체도 앞문으로 들어올 때는 멀쩡히 살아있는 육신이었으리라.

영안실 앞에는 검은 양복을 입은 남자들이 서서 담배를 피우고 있다. 영안실 너머로는 큰 길이 있고, 그 길 너머로는 검은 숲이 보인다. 교외에 새로 세워진 이 병원은 경관이 좋은 편이었다. 새벽하늘로 솟아오르는 새떼, 한낮의 숲 위에 이글거리는 태양, 저녁이면 붕대에 번지는 피처럼 붉게 물들어 가는 저녁노을까지 고스란히 병실 창에 담긴다.

그러나 이 시각에 보는 검은 숲은 느낌이 유다르다. 어둠 속에 하얗게 빛나는 영안실 간판 때문에 더욱 그렇다. 육신을 떠난 영혼들이 저 검은 숲으로 가는 듯싶고, 영안실은 그 길목의 매표소처럼 보인다. 그건 내 어머니가 아니야, 그건 살아있다고 할 수 없는 이상한 존재야, 내 어머니를 모독하지 마, 그건 내 어머니가 아니라구. 경훈의 말이 귓가를 울린다. 막내로 사랑을 듬뿍 받고 자란 경훈 같은 남자만이 할 수 있는 말이다. 어떤 성인 남자가 이런 응석을 부릴 수 있단 말인가. 인간으로서의 존엄성을 잃었다고 해서 살아 있다고 할 수 없다는 건 지나치게 순수한 인간만이 부릴 수 있는 억지일 뿐이다.

윤 여사는 살아있다, 명백히. 노인의 영혼은 결코 저 검은 숲으로 날아가지 않았다. 어쩌면 생의 어떤 순간보다도 이 노인은 지금 처절하게 자기 자신과 마주하고 있는지도 모른다. 미농지 한 장만큼의 기만도, 가식도 없이.

수영은 돌아서 윤 여사를 바라본다. 입을 벌린 채 그 여자는 잠들어 있다. 가볍게 코고는 소리가 평안하다. 이 밤, 별다른 일은 일어나지 않으리라. 그녀는 외투를 걸치고, 조용히 병실 문을 열고 복도로 나선다. 간호사실에 들러 급한 일이 생겼다고 윤 여사를 부탁하고, 엘리베이터를 탄다.

1층에 다다라 엘리베이터 문이 열리자마자 무엇인가 확 달려들어 그녀를 안는다. 경훈이다. 불붙듯이 뜨거운 몸의 경훈이다. 그는 많이 취해 있다.

"와줬네, 내 사랑!"

혀가 꼬부라진 소리로 그가 말한다. 수영은 그를 부축하듯 데리고 병원 문밖으로 나선다. 찬물을 끼얹듯 겨울바람이 얼굴을 덮친다. 집에까지 갔다 올 시간은 없다. 그녀는 정문 건너편에 있는 모텔 간판을 찾는다. 남풍모텔이란 간판이 보인다. 남풍모텔이라, 병원 앞에 있는 모텔 이름치고는 참으로 우습다는 생각이 든다. 저리 갈까, 우리? 그녀가 남풍모텔을 가리키며 묻자, 경훈은, 어디든, 어디든 좋아, 내 사랑과 함께라면, 하고 예의 혀 꼬부라진 소리로 크게 외쳐댄다. 그녀는 혼자 웃는다. 웃지 않을 수가 없다.

겨우 경훈을 부축해 방까지 데리고 들어갔지만 그는 침대 위에 눕자마자 코를 골며 잠들어 버린다. 그녀는 피식, 또 웃는다. 다행이다. 그녀는 경훈의 겉옷을 벗기고 편안히 베개를 베어준다. 그의 몸은 아직도 불덩어리 같다. 그녀는 경훈이 아프다고 생각한다. 그는 아파서 열이 난 것이다. 너무도 외롭고, 힘이 든 병에 걸려서 지금 고열에 들떠 있는 것이다.

수영은 경훈의 입술에 자신의 입술을 포개본다. 그는 갑갑한 듯 몸을 뒤챈다. 그래도 그녀는 악착스레 그의 입 속을 밀치고 들어간다. 잠결에도 그의 입술은 열리고, 뜨거운 그의 혀가 엉켜오다 풀린다. 그녀는 잠들어 있는 그 얼굴을 가만히 바라보다 살그머니 그 품을 빠져 나온다. 이 사람은 내가 자기를 만나러 내려왔다는 걸 기억할까, 문득 그런 생각이 들었지만 그녀는 아무런 메모도 남기지 않는다. 그녀는 일어나 불을 끄고 문을 닫고, 붉은 등에 붉은 카펫이 깔려 있는 모텔 복도를 천천히 걸어 나간다.

걸어 나가는데 문득, 낯익은, 언젠가 겪어본 듯한 기시감이 몰려온다. 그런 복도를, 그런 붉은 빛 조명 아래, 이렇게 혼자 걸어 나간 적이 있었다.

박철호와 처음이자 마지막으로 관계를 가졌던 날, 그날도 그녀는 이렇게, 잠든 그 남자의 품을 살그머니 벗어나 혼자 여관 복도를 걸어갔다. 그렇게 육체관계를 가짐으로써 새로운 희망을 품었을 그 남자에게 그녀는 그 순간 잔인한 마침표를 찍었다. 그에게 진 빚을 갚았다는 개운한 마음으로.

그가 혼자 사랑했다 할지라도 채무감은 있었다. 자신이 외로울 때 늘 곁에 있어주었던 그 남자에게 그녀는 자신의 첫 몸을 주었고, 그것으로 계산은 끝났다고 생각했다. 마침표는 정확하고 냉정하게 찍혔다.

그 뒤로 그녀는 다시는 그를 만나지 않았다. 그 붉은 빛 복도는 그런 그녀의 차가운 계산으로 한 남자의 심장이 으스러질 것을 알고 있었을까. 그때 그녀는 그 복도의 불빛이 꼭 정육점 불빛 같다는 생각을 했다. 핏빛으로 물든 복도, 그리고 그녀는 또한 얼마 후, 자신의 자궁에 깃든 핏덩이를 으스러뜨려 긁어낼 것이었다.

6

"오늘 밤 8시 45분부터 12분간의 개기 월식이 있을 예정입니다."

앵커의 멘트와 함께 텔레비전은 붉은 달이 조금씩 사라져가는 영상을 보여주고 있다. 아직은 밖이 환한데도 윤 여사는 병원에서 주는 이른 저녁을 먹자마자 곧 잠이 들었다. 요즘 윤 여사는 큰소리만 내지 않으면 초저녁부터 아침까지 내처 자는 일이 많았다. 수영은 핸드폰에 알람을 맞춰놓는다. 서쪽을 향한 이 방에서는 월식을 보기 힘들었다. 잠시 밖으로 나가 월식을 보고 올 생각을 하는 것이다. 태양과 지구와 달이 나란히 늘어서서 태양의 빛으로 생긴 지구의 그림자에 달이 잠기는 드문 광경을 수영은 모처럼 보고 싶다고 생각한다. 월식은 1시간 40분 정도 걸릴 것이고, 사라졌던 달은 곧 다시 채워지며 빛나는 만월의 모습을 되찾을 것이다.

누군가 조심스레 병실 문을 두드리는 소리가 들린다. 올 사람이 없는데, 하고 생각하며 수영은 TV를 끄고 자리에서 일어나 문가로 간다. 토요일이 아니니 소라일 리도 없다. 돈을 들고 오는 식구들은 언제 온다는 연락을 반드시 하고 왔다. 그리고 그들은 누구든 노크 같은 건 하지 않는다. 병실을 잘못 찾은 척하며 들어오던 구경꾼들은 문을 잠가놓은 뒤로는 문만 열어보고는 다들 그대로 돌아간다. 누굴까, 의아해하며 그녀는 문을 연다.

문 밖에는 얼굴 모르는 한 노인네가 서 있다. 낡은 한복을 입고 있지만 깨끗이 쪽진 머리며, 어떤 사람에게도 굽혀질 것 같지 않은 꼿꼿한 허리며, 상대방을 꿰뚫어 볼 듯한 형형한 눈빛이며, 어느 노인네하곤 확실히 다른 분위기다. 그녀는 그 모습에서 정정하고 기품 있던 쓰러지기 전의 윤 여사를 겹쳐본다.

"이 방에 계신 노인 존함이 윤(尹)자, 미(渼)자, 서(緒)자가 맞소이까?"

그 노인은 정중하게, 그러나 약간 긴장된 목소리로 묻는다.

"예, 그렇습니다만, 어떻게 저희 어머님 성함을…?"

혹시 북쪽에서 헤어진 윤 여사의 친정식구일지도 모른단 생각이 언뜻 든다. 그러나 이상하게도 이름을 확인한 노인의 얼굴에 반가움보다는 당혹스런 표정이 서린다.

"어쨌든 안으로 들어오세요."

그녀는 문을 열어주며 노인이 들어오게 해준다.

"자부 되시나 보군요."

노인은 나직하게 말하며 안으로 들어온다.

마침 윤 여사는 막 잠에서 깨어나 멍한 눈길로 천장만 바라보고 있다. 그 낯선 노인은 윤 여사의 얼굴을 날카로운 눈길로 바라보더니, 현기증이 몰아치는 듯 비틀거리며 벽을 잡는다. 수영은 얼른 그 몸을 부축한다. 분위기가 심상치 않다. 그러나 노인네는 금세 꼿꼿이 자세를 바로잡더니 다시 침착하게 묻는다.

"실례가 되는 질문인 줄은 아오만, 혹시, 시아버님 존함이 최(崔)자, 익(益)

자…."

그러나 노인은 울음이 북받쳐 말을 잇지 못한다. 왜 묻냐는 질문을 먼저 해야겠지만 수영은 왠지 그럴 수가 없다.

"예, 최(崔)자, 익(益)자, 균(均)자, 맞아요. 하지만 아버님은 벌써 30년 전에 돌아가셨어요."

헉, 신음과 함께 그 노인네의 기품과 자제력이 일시에 무너진다. 노인네는 그 자리에 털퍼덕 주저앉더니 바닥을 두드리며 꺼이꺼이 울음을 터뜨린다. 윤 여사는 영문도 모른 채 무심한 눈길로 울고 있는 노인네를 바라보고 있다. 수영은 이 급작스런 사태에 어째야 좋을지를 몰라 가만히 옆에 서있을 뿐이다.

그때였다. 노인이 갑자기 떨치듯 일어서더니 누워있는 윤 여사를 향해 다가가 삿대질을 하며 소리치기 시작한다. 노인의 눈에는 핏발이 서려있다.

"이년, 이 천하에 없는 상것아, 돈만 아는 버러지 같은 년, 이년, 이 잘근잘근 씹어서 불에 태워도 시원찮을 년!"

수영은 깜짝 놀라 달려들어 노인을 잡아 뜯어낸다.

"어르신, 이게 무슨 짓이세요? 진정하세요!"

그녀는 뭐가 뭔지 아무 것도 알 수 없다. 그저 광분한 노인을 말려야 한다는 생각뿐이다. 하지만 어디서 그런 힘이 났는지, 그 노인은 그녀를 뿌리치고 다시 윤 여사에게 달려든다.

"돈에 눈이 뒤집혀 네가 내지른 새끼까지 팽개치더니, 네 년이 결국 죄받아 이 꼴이 됐구나. 감히 네 년이 내 이름까지 뒤집어쓰고 허깨비 춤을 춰? 이년아, 일어나 봐라, 일어나서 내 얼굴을 똑바로 쳐다봐라. 네 상전 마님이

대령하셨다!"

이게 무슨 난리인지 알 수 없었다. 웬 노망든 노인이 방을 잘못 찾아온 건지도 모른다. 수영은 온 힘을 다해 그 노인을 윤 여사에게서 떼어내려고 하지만 노인은 물러서지 않는다. 갑작스런 충격 탓일까. 윤 여사의 예의 증상이 다시 나타난다. 얼굴이 새하얗게 질리더니 베개를 꼭 껴안은 채 경련을 일으킨다. 그녀는 다시 힘을 주어 노인을 떼어낸다. 하지만 노인은 그녀의 팔을 강하게 뿌리쳐내더니 윤 여사 위로 엎어져 가슴을 마구 쥐어뜯는다.

"왜, 왜 이러시는 거예요? 제발 진정하세요!"

수영은 노인을 붙들고 늘어진다. 간호사에게 알릴 틈도 없다. 일단은 진정을 시켜놓는 게 우선이었다.

"놔 둬! 어느 년이 나를 말려? 니 시에미란 년이 내 서방을 꿰어차고, 집문서까지 쓸어 갖고 야반도주를 했어. 내 남편과 눈 맞아 낳은 자식까지 내팽개쳐 놓고! 이런 배은망덕이! 그 세월을 누가 보상해! 누가! 네 년이 그 돈으로 호강할 동안 난 네 년이 싸질러 놓고 간 자식을 키우면서 짐승만도 못하게 살아왔어. 내가 네 년을 한번이라도 구박을 했나, 서방 뺏어 새끼를 낳아도 투기 한 번 않고 거둬줬건만! 이래도 되는 거냐, 이년아, 간난이, 네 년이 이래도 되는 거냐?"

노인의 입에서 거침없이 쏟아지는 기가 막힌 말들이 도무지 꿈속만 같다. 이 노인은 지금 무슨 얘기를 하는 건가? 미친 사람인가? 노망든 사람인가? 한참을 옥신각신하고서야 바들바들 떨고 있는 윤 여사에게서 겨우 노인을 떼어낼 수 있었다. 그제야 노인도 제 정신이 돌아온 듯 옷매무새를 다듬고, 머리를 매만졌다. 눈물은 그쳤지만 눈두덩이 부어 있다.

수영은 말없이 보온병에서 따뜻한 차 한 잔을 받아 노인한테 가져다준다. 노인의 입에서 쏟아져 나온 말을 믿지 않더라도 어쩐지 그 노인은 함부로 대할 수가 없었다. 노인은 사양 않고 차를 받아 마신다. 노인은 어느 새 아까의 점잖은 모습으로 되돌아 와 있다.

"내가 젊은 분 앞에서 체신을 잃었소. 미안하오. 이젠 괜찮소."

노인은 그녀를 보며 희미하게 웃어주기까지 한다. 그녀는 일단 노인이 진정된 것만으로 겨우 숨을 고른다. 도대체 무슨 일인지는 모르겠지만 어딘가 심상치 않은 기분이 든다. 이 노인의 범상치 않은 기운이 노망 든 노인처럼 보이지는 않는다. 노인은 방금 전까지 행패를 부렸던 사람이라곤 믿어지지 않게 차분한 목소리로 입을 연다.

"말해 무엇 하겠소, 이제 와서? 그래도 내 속이 하도 타들어 가니, 젊은 양반이 적선하는 셈 치고 내 얘기를 좀 들어주시구려. 나도 아들이 교통사고로 이 병원에 입원해 있다오. 벌써 두 달이나 되었소. 며느리는 일찌감치 아들과는 헤어진 터라 내가 아들을 돌본다고 와 있는데, 사람들이 간난이 얘기를, 아, 간난이는 본래 저 사람, 젊은 양반 시모의 이름이오. 저 사람의 어미가 우리 집의 침모여서 간난이와 나는 어릴 때부터 같이 자랐고, 서로 죽고 못 사는 사이라 내가 시집 갈 때도 몸종으로 따라 왔었다오. 그래, 사람들이 간난이 얘길 하더란 말이오. 베개 밑에 돈이 쌓이니 마니, 나야 남의 얘기라 그저 흘려만 들었지. 설마 그 얘기가 간난이 얘기일 줄이야 꿈에도 생각 못 했소. 그저 누가 늘그막에 참 흉한 꼴을 당하는구나, 그런 생각만 했다오. 그런데 하루는 손주 녀석이 이 방에 왔다가 저 이름 적힌 걸 본 모양이오. 내게 오더니 할머니 이름하고 똑같다는 거였소. 내가 평소에 한자까지 써가며

어른들의 이름을 가르친 터라 그 아이가 한자 이름까지 적어왔구려. 윤미서,
내 이름은 그 옛날 우리 부친께서 고심해 지어주신 이름이라 내 나이 노인의
이름으론 절대 흔한 이름이 아니라오. 그래서 신기하게 여겼지만 별 생각이
없었소. 그런데 밤에 자는데, 간난이가 어릴 때 같이 놀 때면, 내 이름이 예쁘
다고, 자기는 다시 태어나면 꼭 그 이름을 갖고 싶다고 몇 번이고 말하던 생
각이 불쑥 솟더란 말이오. 갑자기 온갖 방정맞은 생각이 다 들었소. 그래도
며칠이나 망설였소. 그럴 리는 없다, 그럴 리야 없다고 생각했지. 설마허니
이럴 줄이야…"

  노인이 고개를 숙이고 옷고름으로 눈물을 찍어낸다. 수영은 멍하니 듣고
만 있다. 믿어지지 않는 얘기다. 옛날 영화관에서 변사의 얘기를 듣고 있는
것만 같다. 그런데 믿지 않을 수도 없다. 눈 앞에 앉아있는 이 노인은 너무도
멀쩡하고, 위엄이 있다.

  "내 이러단 또 추태를 보이겠소. 지난 세월 동안 내 가슴에 남은 게 피멍밖
에 더 있겠소? 난 그 길로 늙으신 시부모님과 젖도 안 떨어진 갓난쟁이를 데
리고 남쪽으로 곧장 쫓아내려 왔지만 여태 영감도 저 사람도 찾지 못했던 거
라오. 내가 생산을 못하는 계집이라 이게 다 팔자려니 생각하고, 그래도 그
애를 대 이을 손이라고 목숨 걸고 키웠소. 양반 집 종부로 스란치마만 끌고
지내던 내가 도둑질만 빼곤 다 해본 세월이었지. 아, 일어나야겠소. 아들이
찾을 거요."

  노인은 일어나더니 윤 여사에게로 다가간다. 수영은 다시 긴장했지만 가
만히 있는다. 윤 여사는 아직도 부들부들 떨고 있다. 그 입술은 달싹거리며
무언가를 말하려 애쓰고 있다. 노인은 그런 그녀를 내려다보며 나직하게 말

한다.

"사람 사는 게 참말 검불만도 못 하구나. 자네하고 내가 전생에 무슨 악연을 만들었기에…. 그래도 자네 자식, 내 부끄럽잖게 거두었네. 같은 병원에 나란히 누워 있다니 이렇게라도 모자간이 만나는 모양인가? 이제 나는 가보겠네. 죽을 때까지 다시는 안 나타날 터이니 편안히 몸 간수하다 깨끗하게 가시게나."

노인은 금세 침착을 되찾는다. 수영은 그저 멍하니 서있을 뿐이다.

"실례가 많았소."

나가려던 노인은 잠시 주춤하더니 수영을 돌아본다. 그 얼굴에 가시지 않고 남아있는 허탈한 슬픔에 그녀는 가슴이 옥조이는 느낌이 든다.

"저 사람이 세상을 뜨기 전에 본명을 찾아주는 게 자식 된 도리일 게요. '이간난'이 저 사람의 이름이오. 한자야 어드런 것이든 적당한 걸 끼어 맞추면 될 거고, 아니오, 다 부질없는 짓이오. 죽으면 흙 될 몸에 이름이 무슨 대수겠소. 오늘 일은 혼자만 가슴에 담아두고 발설하지 마시오, 나 역시 그러할 테니. 이제 와서 밝힌다고 달라질 일은 하나도 없으니. 아들도 나를 친에미로 믿고 있다오. 이미 머리가 희어진 아들한테 새삼 친에미를 찾아주는 게 무슨 의미가 있겠소?"

노인은 할 얘기가 많은 표정이었으나 이내 고개를 저으며 병실 문을 연다.

"잠깐만요!"

수영은 얼른 서랍에서 손에 잡히는 대로 수표 뭉치를 꺼낸다. 그녀는 그 돈을 들고 노인한테 달려가 공손히 내민다. 노인의 얼굴이 노여움인 듯 붉어진다. 노인은 싸늘하게 말한다.

"웬 돈이요? 이유 없는 돈은 내게 수모니, 얼른 거두시오."

그 말투에 돈을 거절하던 아이의 모습이 겹쳐진다. 그러나 그녀는 진심으로 매달린다.

"언짢게 생각 마시고 아드님 치료비에 보태주세요. 어, 어머님의 혈육이기도 하잖아요? 얼마 안 되는 돈이지만 이대로 가시게 하면 어머님도 편히 눈감지 못하실 것 같아서… 돌아가신 아버님을 생각하셔서라도…."

노인은 가만히 서서 입술만 짓씹고 있다. 그녀도 돈을 내민 채로 굳은 듯 서 있다. 얼마나 그러고 있었을까, 노인은 고개를 들어 그녀의 눈을 물끄러미 바라보더니 고개를 끄떡인다. 그러고는 그녀가 내민 수표뭉치를 받아 소매 틈에 집어넣는다.

"고맙게 쓰리다."

나직하지만 당당한 목소리다. 그리고 노인은 마치 아무 일도 없었다는 듯이 허리를 곧게 펴고 복도를 걸어 나간다. 저거였구나, 수영은 윤 여사가 기를 쓰고 좇으려 했던 양반 집 체통의 정체가 어떤 것인지 소름끼치게 알 것만 같다. 비로소 노인이 한 얘기가 고스란히 실감으로 스며온다.

문을 닫고 돌아서니 어느 새 땅거미가 깔리기 시작했다. 병실 안으로 조금씩 어둠이 밀려들어오고 있다. 윤 여사는 멍하니 천장을 바라보고 있다. 언제 꺼냈는지 윤 여사의 손에는 돈 뭉치가 들려 있다. 십자가라도 쥐고 있는 듯 그 모습은 경건하게까지 보인다. 순간 가슴속이 뜨거워진다.

"어머님…."

수영의 입에서는 자기도 모르게 어머님이라는 말이 흘러나온다. 결혼 후 처음으로 윤 여사에 대한 연민과 애정이 울컥 솟아오른다. 누가 봐도 이 비극의 피해자는 윤미서, 그 노인이겠지만 수영은, 이간난, 그녀의 시어머니, 윤 여사가 몇천 배 더 불쌍했다. 종의 몸으로 태어나 지지리 괴롭고 힘들었을, 젊은 날 간난이의 모습이 자신의 젊은 날과 겹쳐졌다. 그랬으리라, 어머님도, 주인아씨의 서방님 눈길 닿는 데마다 자신의 어여쁜 몸뚱이를, 한창때의 보오얀 살점 하나라도 더 보이고자 기를 썼으리라. 남편을 빼앗아 아들을 낳았는데도 워낙 상대가 안 되는 종년이니 투기도 않고, 아이까지 돌봐주는 그 양반 집 아씨의 부덕 앞에 어머님은 얼마나 절망했을까.

지금도, 어머님은, 졌다.

악착같이 양반 댁 안방마님의 허물을 뒤집어 써보고자, 재산에, 서방에, 이름까지 빌리고 온갖 것을 다 흉내 내며 평생을 살아왔지만 어머님은 그 여자의 발끝에도 미치지 못했다. 그 여자의 도량과 어머님의 이 추한 모습, 윤미서에게 이간난은 깨끗이 지고 말았다.

수영은 문득 박철호를 떠올린다. 자신이 진정으로 사랑했던 사람은 그 남자였다는 깨달음이 전율처럼 온몸을 흔든다. 단지 그것을 인정하려 하지 않았을 뿐. 자신의 흉측한 맨 얼굴을 고개 돌려 피하고 싶었던 심정이었을 뿐.

자신이야말로 의식을 잃는 순간 지금의 윤 여사보다 몇 배나 더 파렴치한 모습을 보일지도 모른다는 생각이 그녀를 감싼다.

그녀는 가만히 윤 여사, 아니 이간난의 곁으로 다가가 돈 뭉치를 꼭 잡고 있는 그 손 위에 자신의 손을 얹어본다. 그러나 그녀는 흠칫하며 손을 뗀다. 얼른 맥을 짚어 본다. 아무런 움직임도 느껴지지 않는다. 그곳에는 차갑고 고요한 적막만이 있다.

"어머님!"

가슴께에 다시금 뭉클한 것이 치밀어 올라온다. 이제 윤 여사는, 윤미서의 삶을 훔치려고, 윤미서의 남편을 훔치려고, 윤미서의 부덕과 기품을 훔치려고 기를 썼지만, 그 어느 것도 완벽하게 훔쳐내지 못한 옛날의 몸종 간난이는 그녀가 유일하게 완전히 훔쳐낸 믿음직한 돈을 품에 안은 채 이 세상을 떠났다.

수영은 벽에 붙은 호출 벨을 간신히 누르고는 옆에 있는 의자에 힘없이 걸터앉는다. 달려가 알려야겠지만 손끝 하나 움직일 수가 없다.

수영은 자신이 이 놀라운 사실을 그 누구에게도 말하지 않을 것을 알았다. 경훈에게도 말하지 않을 것이다. 여백이 너무 좁아서가 아니라, 윤미서, 그 여자의 사연은 바로 자신의 이야기, 자신의 비밀이기 때문이었다. 그녀의 얼굴 위로 무언가 뜨뜻한 것이 느껴진다. 이번에 그녀는 고개를 뒤로 젖히지 않는다. 눈물이 무릎 위로 떨어진다.

영안실 뒤의 검은 숲으로 큰 새 한 마리가 날아간다. 반대쪽의 하늘에는 월식을 준비하는 보름달이 환하게 떠올랐을 것이다. 불을 켜지 않은 병실은 금세 어두워진다. 곧 간호사가 주사기를 들고 올 것이다. 호출 벨을 누르는 경우는 언제나 진통제를 넣은 주사를 요구할 때였으니까.

잠시 후 문이 열린다. 느릿느릿 다가온 간호사는, 불도 켜지 않고, 라디오나 텔레비전도 틀어놓지 않은 채 어둠 속에 말없이 앉아 있는 그녀를 이상한 눈초리로 흘깃 쳐다보고는 물어보지도 않고 전등의 스위치를 올렸다.